싱싱한 밀 이삭처럼

VAN GOGH

싱싱한 밀 이삭처럼
고흐, 살다 그리다 쓰다

LIKE A FRESH EAR
OF WHEAT

빈센트 반 고흐 지음 황준민 옮김

열린책들

자연이 나에게 말을 걸었음을,
자연이 나에게 이야기한 내용을
내가 속기로 받아썼음을

차례

밀 이삭

1890

1

열정과 희망의 밀알을 품다

나는 초심에서 벗어나지 않을 것이다.

그렇기에 이렇게 말한다.

지금 쓸모가 없다면 나중에도 쓸모없을 것이다.

하지만 나중에 쓸모가 있다면

지금도 쓸모 있는 것이다.

밀은 밀이기 때문이다.

이를 처음 보는 도회지 사람에게는

풀처럼 보이지만 말이다.

내 마음속에 반드시 북돋아야 하는 힘이 들끓는다. 꺼뜨리지 말고 되살려야 하는 불길이 타오른다. 그 불길이 어떠한 결과를 초래할지 모르지만, 설령 암울한 결과를 불러온다고 할지라도 나는 놀라지 않을 것이다. 지금 같은 시대에 우리는 무엇을 바랄 수 있을까? 지금 같은 상황에서 가장 행복한 운명이란 무엇일까? 때에 따라서는 승자가 아니라 패자가 되는 것이 낫다.

1882년 12월 10일

정확히는 잘 모르겠지만, 내가 직장 없이 이리저리 떠돌아다닌 지 아마도 벌써 다섯 해가 지났다. 너는 이렇게 말하겠지. "이런저런 시점부터 형은 내리막길을 걸었어. 서서히 자취를 감추었어. 아무것도 하지 않았어."라고. 그 말이 사실일까? 내가 생계비를 번 적도 있으나 친구가 호의를 베풀어 생계비를 대 준 적도 있는 것은 사실이다. 일이 잘 풀리면 잘 풀리는 대로 안 풀리면 안 풀리는 대로 나는 최선을 다해 살아왔지만 말이다. 내가 여러 친구의 신뢰를 잃은 것도 사실이고, 내 재정 상태가 곤란한 것도 사실이고, 앞날이 암담한 것도 사실이고, 내가 좀 더 많은 일을 이루지 못한 것도 사실이고, 고작 생계비를 버느라 시간을 낭비한 것도 사실이고, 내 습작들 자체가 참담하고 절망적인 상태인 것도 사실이고, 내게는 있는 것보다 없는 것이 헤아릴 수 없이 더 많은 것도 사실이다. 하지만 그렇다고 해서 내리막길을 걸은 것일까? 아무것도 하지 않은 것일까?

나는 지금 걷고 있는 길을 계속 가야 한다. 아무것도 하지 않는다면, 공부하지 않는다면, 모색을 중단한다면, 나는 길을 잃을 것이며 화를 당할 것이다. 그래서 나는 이렇게 여긴다. 계속하라, 계속하라. 그래야 한다. 그러면 형의 최종 목표는 무엇이냐고 너는 묻겠지. 크로키가 스케치가 되고 스케치가 그림이 되듯이, 그 목표는 더 뚜렷해지며 서서히 분명히 윤곽이 드러날 것이다. 우리가 좀 더 진지하게 작업하고, 최초의 막연한 구상을, 처음에 불현듯 스쳤던 생각을 더욱 깊이 탐구하여 선명하게 구현한다면 말이다.

내가 지금도 직장 없이 지내고 여러 해 전부터 직장 없이 살아온 이유는 매우 간단하다. 자신들과 생각이 같은 사람들에게만 일자리를 주는 신사들과 내가 생각이 달라서다. 사람들이 나를 비난하면서 위선적으로 내세웠던 용모 문제 때문만이 아니라, 장담하건대, 그보다 더 중대한 문제 때문이다.

본의 아니게 나는 가족에게 견딜 수 없고 의심스러운 인간이 되었다. 아무리 봐도 믿을 수 없는 사람이 되었다. 그런데 내가 어떻게 누군가에게 보탬이 될 수 있을까? 그래서 무엇보다도, 가족에게서 멀리 떠나 적당한 거리를 두고 더 이상 세상에 없는 것처럼 지내는 것이 바람직하며, 가장 적절하고 합리적인 해결책이라고 믿게 되었다. 새들에게는 깃털을 바꾸는 털갈이 계절이 있는데, 이는 우리 인간으로 치자면 역경이나 불행, 고난의 시기에 해당한다. 우리는 털갈이 시기에 머물러 있을 수도 있고, 이 시기에서 벗어나 새로이 출발할 수도 있다. 하지만 이러한 탈출은 드러내 놓고 시도하지 않는 법이다. 또한, 그다지 즐거운 일도 아니다. 그러므로 슬그머니 떠나야 마땅하다.

나는 열정적인 인간인 탓에, 상당히 무분별한 짓을 할 수도 있고 하기도 쉬우며, 때로 이를 후회하기도 한다. 좀 더 참을성 있게 기다리는 편이 좋았을 텐데, 너무 성급히 말하거나 행동할 때도 종종 있다. 하지만 내가 보기에는 남들도 가끔 나처럼 어리석은 짓을 저지른다. 지금 같은 상황에서 우리는 어떻게 해야 할까, 자신을 위험천만하고 아무 일도 못 하는 사람으로 여겨야 할까? 나는 그렇게 생각지 않는다. 오히려 자신의 열정을 적절히 활용하도록 모든 수단을 다하는 것이 중요하다.

그래서 나는 향수병에 굴복하는 대신, "어디나 모국이고 고향이다."라고 스스로 타일렀다. 절망에 무릎 꿇는 대신, 활동할 힘이 남아 있는 한 적극적 우울함을 택했다. 다시 말하면, 절망하고 슬퍼하고 제자리걸음 하는 우울함이 아니라 희망하고 열망하고 새로운 길을 찾는 우울함을 택했다.

이제 이러한 모든 일에 몰두하는 사람은 누구나 때로 남들에게 충격적으로 보이고, 본의 아니게 일정한 예절, 관습, 사회적 전통을 위반하기 마련이다. 사람들이 이를 곱지 않게 보는 것은 유감이다. 이를테면 너도 잘 알다시피 나는 종종 용모에 신경 쓰지 않는다. 나는 그것을 인정하고, 그것이 충격적이라는 것도 인정한다.

하지만 용모를 돌보지 않는 것은 돈에 쪼들리고 가난한 탓이기도 하고, 때로는 우리가 하는 이런저런 공부에 더욱 깊이 파고들려면 꼭 필요한 고독을 확보하는 좋은 방법이기도 하다.

1880년 6월 22~24일

후회하며 슬픔에 잠겨 있으면 더 이상 나아갈 수 없다. 발버둥 쳐야 앞으로 나아갈 수 있다.

1881년 8월 5일

사실 나는 후회할 시간이 없다. 그림에 점점 더 열정이 불붙는다. 이는 바다를 향한 선원의 열정과 비슷하다.

1882년 1월 14일

위험이 더 나쁜가, 위험에 대한 두려움이 더 나쁜가? 나는 현실에 뛰어들겠다. 위험을 무릅쓰겠다.

어부들은 바다가 위험하며 폭풍우가 무섭다는 사실을 잘 알지만, 위험이 아무리 크더라도 해변에 머물지 말고 바다로 나가야 한다고 생각한다.

1882년 5월 16일

스케브닝겐
바다 전경

1882

생트마리드라메르의
바다 풍경
1888

나는 나약하게 감정을 억누르는 일이 없기를 원한다. 최악의 상황이 닥치더라도 작업에 대한 일종의 열병과 열광에 휩싸여 헤쳐 나갈 수 있기를 바란다. 배가 너울에 휩쓸려 산호초나 모래톱 너머로 내동댕이쳐질 수도 있고, 폭풍을 이용해 침몰하지 않을 수도 있듯이 말이다.

1883년 7월 23일

영혼 깊은 곳에서는 다름 아니라 무한성과 경이로움이 필요하고, 인간은 다름 아니라 저것들이 충만해야 잘 지내며, 이것을 얻지 못하면 마음이 편하지 않다.

바로 이것이 모든 위대한 인간, 남보다 좀 더 깊이 생각하고, 좀 더 열심히 모색하며 작업하고, 좀 더 사랑에 빠져 있는 모든 인간, 인생의 험난한 바다로 출항했던 모든 인간이 자신의 작품에서 표현한 내용이다. 우리도 무언가 잡으려 한다면 험난한 바다로 출항해야 한다. 때로 우리가 밤새워 일하는데도 아무것도 잡지 못하는 일이 있더라도, 포기하지 말고 새벽에 그물을 다시 한 번 던지는 것이 좋다.

난관이나 근심이나 방해가 없더라도 안심해서는 안 된다. 지나치게 느긋하면 안 된다. 가장 고상한 사회와 최상의 환경 및 상황에서도 로빈슨 크루소나 야만인 프라이데이의 원초적 본성을 유지해야 한다. 그러지 않으면 자신 안에 뿌리가 없어지기 때문이다. 또한, 영혼의 불길을 절대 꺼뜨리지 말고 계속 타오르게 해야 한다. 그 불길이 필요한 때가 반드시 올 것이기 때문이다. 스스로 가난하게 살아가며 이를 즐기는 사람은 큰 보물을 소유하고 있으며, 자기 양심의 뚜렷한 목소리를 항상 들을 것이다. 마음속 깊은 곳에서 울리는 이 목소리는 하나님이 내린 최고의 선물로서, 이를 듣고 따르는 사람은 마침내 마음속에 친구를 얻을 것이며 결코 혼자가 아닐 것이다.

모든 일이 경이롭다고, 우리가 이해할 수 있는 것보다 훨씬 더 경이롭다고 계속 믿는 것이 좋다. 사실이 그렇기 때문이다. 계속 세심하고 겸손하고 온유한 마음을 유지하는 것이 좋다. 이따금 필요한 경우가 생기면 이러한 감정을 숨겨야 할 때도 있지만 말이다. 이 세상에서 지혜롭다는 자들과 슬기롭다는 자들의 눈에는 감추어져 있으나 가난하고 순박한 사람, 여성과 아이의 눈에는 천성적으로 드러나 보이는 덕성이 있는데 이를 두루 갖추는 것이 좋다. 우리가 배우는 덕성 중에 하나님이 모든 인간의 영혼에 천성적으로 심어 준 덕성보다 나은 게 있을까? 이러한 덕성은 우리가 고의로 망가뜨리지 않는 한, 모든 영혼의 깊은 곳에서 살아 숨쉬며 사랑과 희망과 믿음을 북돋는다.

올바르게 살려고 한다면, 우리는 잘 지내게 될 것이다. 막막한 슬픔과 뼈저린 실망을 겪는 것을 피하지 못하고, 중대한 실수와 잘못된 행동을 저지르기 십상이지만 말이다. 그러나 더 많은 실수를 저지르게 되더라도 영혼이 열의에 불타는 편이, 옹졸하게 행동하고 지나치게 조심하는 편보다 분명히 나은 것이 사실이다.

1878년 4월 3일

자신의 성공을 확신하는 것은 분명히 주제넘은 일이지만, 내 영혼의 투쟁이 헛되지 않으리라고 믿어도 좋을 것이다. 나는 싸울 것이다. 내 약점과 결점을 무릅쓰고 최선을 다해 싸울 것이다.

　내 작업에 관한 편지를 계속 나에게 보내라. 공연한 말로 내 감정을 해치지 않을까 염려하지 마라. 내 마음이 상하더라도 교감의 증거로 여길 것이며, 교감은 아첨보다 천 배 더 가치 있다. 너는 실용적인 일에 관해 편지하고, 나는 실용적으로 되는 법을 너에게서 배워야 한다. 따라서 너는 나에게 설교를 아끼지 말아야 한다. 나는 회개를 거부하지 않으며 회개가 절실히 필요하다!

1881년 11월 10일

대부분의 사람 눈에 나는 어떻게 보일까? 하찮은 사람, 괴팍한 사람, 불쾌한 사람, 인간 사회에서 직장 없이 지내며 앞으로도 직장 없이 살아갈 사람으로 보이겠지.

그래, 좋다. 그렇게 여기는 게 맞다고 하더라도 나는 내 작업을 통해 그처럼 괴팍한 사람이, 그처럼 하찮은 사람이 가슴속에 어떤 의지를 품고 있는지 언젠가 보여 주고 싶다. 이것이 내 야망이며, 이 야망은 갖은 멸시를 받더라도 원한이 아니라 사랑에서 생겨나고, 열정이 아니라 평온한 감정에서 우러난다.

1882년 7월 21일

어려움을 극복할 수 있을지 어떻게 미리 알 수 있단 말인가?

묵묵히 할 일을 다 하고 결과는 운명에 맡겨야 한다. 한 가지 가망이 사라지면 또 다른 가망이 생기므로, 어떤 가망과 미래는 반드시 있을 것이 틀림없다. 미래의 지형을 알지 못하더라도 말이다. 양심은 인간의 나침반이다. 때로 바늘이 편차를 보이더라도, 특히 우리의 방향 설정이 부정확함을 깨닫더라도, 우리는 이 나침반을 이용해 진로를 정하려고 최선을 다해야 한다.

1882년 12월 13~18일

나는 미래에 대해 대단한 계획을 품고 있지 않다. 걱정 없이 행운을 누리며 살기를 잠깐씩 바라기는 하더라도, 그럴 때마다 고난과 근심이 가득한 고달픈 인생으로 기꺼이 되돌아와 이렇게 생각한다. '이대로가 더 좋아. 이렇게 살면서 더 많이 배워. 이렇게 산다고 비천해지는 것이 아니야. 이런 길을 걷는다고 몰락하는 것이 아니야.'

1882년 5월 12~13일

힘과 생각과 정신력을 어디에 쏟아야 할까? 다짜고짜
달려들어, 어떤 일을 해 보겠다고, 끝끝내 해내겠다고
다짐해야 한다. 이 일이 잘 풀리지 않을 수도 있고, 남
들이 이 일을 좋아하지 않으면 장벽에 부딪힐 수도 있
지만, 그런 걸 신경 쓸 필요는 없지 않을까?

더 나은 미래에 대한 희망이 가슴속에 살아 있음을 느
꼈기에 나는 '현재의 작업'에 온 힘을 쏟았다. 모든 작업
에는 보답이 따를 것으로 믿을 뿐 미래에 대해서 곰곰이
생각지 않았다.

사람들이 너무 무심하고 냉담하게 대하는 것을 보면
종종 너무 비참하게 느껴져 낙심하지 않을 수 없다. 하
지만 기운을 내어 다시 작업을 시작하고 웃어넘긴다.
나는 현재 작업을 하고 있으며 작업하지 않고 보내는
날이 하루도 없으니, 미래에 희망이 있다고 믿는다. 그
렇지만 희망이 느껴지지는 않는데, 다시 말하거니와,

그 이유는 미래에 관해 골똘히 생각하며 심란해하거나 마음을 달랠 여유가 내 머릿속에 남아 있지 않기 때문이다. 현재에 충실하고 무언가 얻어 내지 않고는 한시도 흘려보내지 않는 것, 그것이 내 의무라고 생각한다.

1883년 7월 22일

내가 너나 식구들에게 성가시거나 부담이 되고, 아무 짝에도 쓸모없으며, 식구들과 함께 있으면 불청객이나 군식구인 듯하여 차라리 집에 없는 편이 나을 것이라고 느낄 수밖에 없다면, 그래서 식구들에게서 떨어져 있으려 끊임없이 애써야 한다면, 정녕코 그렇게 될 것이며 그러지 않을 도리가 없다고 생각되면, 나는 슬픔의 감정에 휩싸여 절망과 싸우지 않을 수 없다. 이러한 생각은 견디기 힘들고, 너와 나 사이에 또한 우리 식구 사이에 나로 인해 그토록 많은 불화와 고통과 슬픔이 생겼다는 생각은 더욱더 견디기 힘들다. 이러한 생각이 정말로 맞다면, 더 이상 오래 살고 싶지 않다. 하지만 이러한 우울한 생각에 하염없이 막막하게 짓눌릴 때면, 한참 지난 뒤에 다른 생각도 떠오른다. 어쩌면 이 모든 일은 끔찍한 악몽일 뿐이며, 아마도 훗날 이 악몽을 더 잘 이해하고 해석하는 법을 알게 되리라는 생각이다. 하지만 이 모든 일은 어쨌든 현실이 아닐까? 더 나빠지기보다 언젠가는 더 나아지는 게 아닐까? 만사가 좋아질 것이라는 믿음을 어리석은 미신으로 여기는 사람이 틀림없이 많으리라. 겨울에 지독한 추위가 닥칠 때가 가끔 있다. 그러면 우리는 끔찍이 추워서, 여름이 오든 말든 신경 쓸 여력이 없다고 말한다. 나쁜 일이 좋은 일을 뒤덮어 버리는 것이다. 하지만 우리가 반기든 말든 결국은 엄동설한이 끝나고 어느 화창한 아침에 남풍이 불면서 해빙기가 찾아올 것이다. 자연적인 날씨와 마찬가지로 우리의 심정과 우리의 처지도 변하고 바뀌기 쉬운 듯하다. 따라서 나는 만사가 나아질 것이라는 희망을 여전히 버리지 않고 있다.

1879년 8월 11~14일

오늘날의 집은 얼마나 처참한가. 아늑하게 꾸미려고 노력하면 한결 푸근해질 텐데 말이다.

요새의 창문을 렘브란트 시대의 창문과 비교해 보라. 당시에는 미묘하고 어스레한 빛이 누구에게나 필요했던 것 같다. 그러나 이제는 이러한 빛이 더 이상 존재하지 않는 듯하다. 오늘날에는 알게 모르게 집을 차갑고 거칠고 쓸쓸하게 꾸미는 성향이 있다.

1883년 2월 21일

집 안에 쌀쌀함이 스며든다.

이런 날에 친구에게 찾아가거나 친구가 찾아오면 좋으련만. 이런 날에 어디도 갈 수 없고 누구도 오지 않으면 때로 허전함이 느껴진다. 하지만 바로 이런 날에 나는 느낀다. 작업이 나에게 무엇을 뜻하는지, 인정을 받든 못 받든, 나의 삶에 얼마나 큰 영향을 주는지, 평소라면 우울함을 느낄 날에 내가 의욕에 넘칠 수 있어 얼마나 기쁜지.

1882년 10월 15일

파리 전경

1886

인간이야말로 만사의 근본이라는 생각이 점점 더 든다.
실생활에 끼어들지 못한 채, 물감이나 석고로 작업하기
보다는 육체노동을 하는 것이 나으며 그림을 그리거나
사업을 하기보다는 자식을 낳는 것이 나음을 어렴풋이
깨닫기에, 언제나 우울한 느낌에 젖어 있는 것이 사실이
다. 그러다가도 실생활에 끼어들지 못하는 친구들이 나
말고도 있음을 생각하면 나는 살아 있음을 느끼게 된다.

1888년 4월 11일

살아 있음이 느껴지는 유일한 순간은 온 힘을 다해 일할 때뿐이다. 동료가 있다면 이럴 필요를 느끼지 못하거나, 아니면 더 복잡한 일에 몰두할 것이다. 하지만 혼자 있으면 특정한 순간에 찾아드는 열광에 기댈 수밖에 없으며, 이 순간을 맞으면 나는 젖 먹던 힘까지 다 쏟는다.

1888년 6월 25일

그날그날만 생각하고 살아가면 하루살이 인간이 된다. 반대로 남들이 지루하게 여기는 해부학, 원근법, 비례 등에 관한 공부를 즐겁게 여길 만큼 그림에 긍지와 사랑을 느끼는 사람은 한길을 걸으며 서서히, 하지만 알차게 성숙한다.

근본적으로 진지한 사람은, 때로 까탈스럽게 성미를 부리더라도 우리에게 어떻게 여겨지는가? 우리는 이들을 사랑하고 친근하게 대한다. 하지만 진지하지 않은 사람에게는 금세 지겨움을 느낀다.

1882년 3월 16~20일

많은 것을 생각해 봐라, 모든 것을 생각해 봐라. 그러면 자신도 모르게 생각을 보통 수준 이상으로 높일 수 있다. 우리는 책을 읽는 법을 아니까 책을 읽도록 하자! 그러면 하던 일을 잊고 다른 일에 정신이 팔려 살짝 몽상에 잠기게 될 때도 있을 것이다. 그렇지만, 지나치게 정신이 팔리거나 지나치게 몽상에 빠지는 사람도 있다. 어쩌면 나도 그런데, 이는 내 잘못 때문이다. 어쨌든 무언가 원인이 있을 것이다. 이런저런 이유로 나는 생각에 빠지고 걱정에 사로잡히고 불안해하지만, 결국 이겨 낼 것이다. 몽상가는 가끔 구덩이에 빠지지만 이내 다시 빠져나온다고들 말하니까. 다른 일에 정신이 팔린 인간도 이를 만회하려는 듯 곧 침착성을 되찾기 마련이다. 때로는 바로 이러한 성격의 사람이야말로 이런저런 이유로 존재할 권리가 있다. 그 이유를 곧바로 깨닫지 못하거나 다른 데 정신이 팔려 대개 무심히 잊고 있지만 말이다. 폭풍이 몰아치는 바다에서 이리저리 떠밀리며 오랫동안 떠돌던 사람도 마침내 목적지에 도달한다. 아무짝에도 쓸모없고 어떤 직책도 어떤 역할도 맡을 수 없을 것으로 보였던 사람도, 결국은 천직을 찾아 첫인상과 전혀 달리 활동적이고 유능함을 입증한다.

네가 나를 여느 게으름뱅이와는 다른 데가 있다고 여기면 좋겠다. 게으름뱅이도 두 종류로 구별되기 때문이다. 한 종류는 천성이 비열한 나머지 나태하고 강단이 없는 게으름뱅이다. 네 눈에 그렇게 보인다면, 나를 그런 게으름뱅이로 여겨도 좋다.

다른 종류의 게으름뱅이, 본의 아닌 게으름뱅이도 있다. 이 사람은 마음속에 행동에 대한 열망이 활활 불타고 있지만, 아무것도 하지 않는다. 무언가에 갇혀 있는 듯하여 아무것도 할 수 없다고 여기기 때문이다. 생산적 활동에 필요한 수단이 아무것도 없으며, 어쩔 수 없는 상황 탓에 이 지경에 이르렀기 때문이다. 이러한 사람은 자신이 무슨 일을 할 수 있는지 전혀 모르지만, 직감적으로 이렇게 느낀다. '나는 무언가에 쓸모가 있으며 존재할 권리가 있다. 완전히 다른 사람이 될 수 있음을 알고 있다! 나는 무엇에 보탬이 될 수 있을까, 무엇에 도움이 될 수 있을까? 내 마음속에 무언가 있는데, 그것은 도대체 무엇일까?' 이러한 사람은 전혀 다른 종류의 게으름뱅이다. 네 눈에 그렇게 보인다면, 나를 그런 게으름뱅이로 여겨도 좋다! 봄이 되면 새장에 갇힌 새는 자신이 도움이 될 수 있는 일이 있음을 매우 잘 안다. 자신이 해야 할 일이 있음을 절실히 느끼지만, 그 일을 하지 못한다.

그 일은 무엇일까? 뚜렷이 기억나지 않지만, 어렴풋이 짚어 보며 이렇게 중얼거린다. "다른 새들은 둥지를 틀고 알을 까고 새끼를 키우지." 그러고선 새장 창살에 머리를 찧어 댄다. 그래도 새장은 열리지 않고, 새는 고통으로 미쳐 간다. "게으름뱅이 같으니." 지나가는 다른 새가 말한다.

하지만 갇힌 새는 죽지 않고 살아남는다. 마음속 고

통을 밖으로 드러내지 않는다. 건강하게 지내고 햇빛을 받으면 즐거워한다. 그러다가 철새의 이동기가 찾아오면, 이 새는 우울증으로 발작을 일으킨다. 이 새를 기르는 아이들 말로는, 새장 안에는 이 새에게 필요한 모든 것이 있는데도 말이다. 어쨌든 이 새는 먹구름이 뒤덮인 하늘을 내다보며 가슴속에 운명에 대한 반항심이 움트는 것을 느낀다. "나는 새장에 갇혀 있다. 나는 새장에 갇혀 있다. 그래, 나에게는 부족한 것이 아무것도 없다, 이 멍청이들아! 나에게는 필요한 것이 다 있다! 하지만 제발 자유를 다오! 다른 새들처럼 훨훨 날 수 있도록!"

본의 아니게 게으른 사람은 새장에 갇힌 게으른 새와 비슷하다.

사람이 아무 일도 할 수 없는 경우가 종종 있다. 무언지 알 수 없는 끔찍한, 끔찍한, 정말로 끔찍한 새장에 갇혀서 말이다. 해방이 찾아올 것을 나는 안다. 하지만 뒤늦게 찾아올 것이다. 마땅하게든 억울하게든 손상된 명성, 가난, 숙명적 상황, 불운, 이러한 것 때문에 갇혀

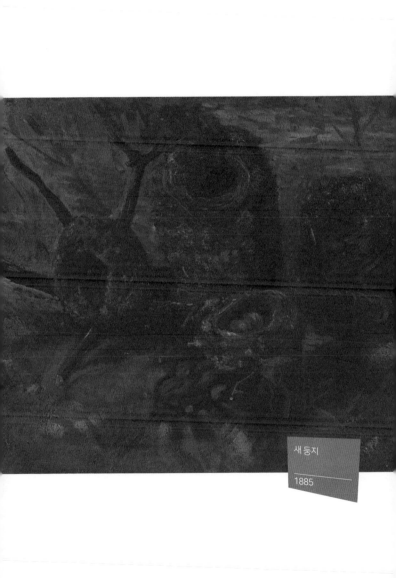

새 둥지

1885

있게 된다. 우리를 구속하는 것이, 감금하는 것이, 매장하는 듯한 것이 무엇인지 항상 콕 집어 말할 수는 없지만, 무언지 알 수 없는 창살이, 무언지 알 수 없는 문이, 벽이 있는 것을 느낀다.

이 모든 것이 상상이고, 환상일까? 나는 그렇게 생각지 않는다. 그래서 이렇게 묻는다. "하나님, 오래도록 이래야 하나요? 끝없이 이래야 하나요? 영원히 이래야 하나요?" 너도 잘 알다시피, 이러한 감옥이 사라지게 하는 것은 모든 깊고 진실한 사랑이다. 형제가 되고 친구가 되고 사랑을 베풀면, 지고의 힘으로, 더없이 강력한 마법으로 감옥이 열린다. 이러한 사랑이 없으면 죽은 것이나 다름없다. 하지만 애정이 되살아나면 그곳에서는 인생도 되살아난다. 때로는 이러한 감옥은 편견, 오해, 이런저런 것에 대한 치명적 무지, 의심, 거짓된 겸손을 뜻한다.

마찬가지로, 인간과 인간의 작품 가운데 내면적이고

도덕적이고 정신적이고 숭고한 아름다움을 갖춘 참으로 선하고 아름다운 모든 것은 하나님에게서 유래한다고 나는 생각한다.

예를 들어 렘브란트를 진심으로 좋아하는 사람은, 하나님이 있음을 알고 하나님을 깊이 믿을 것이다.

프랑스 대혁명의 역사를 깊이 파고드는 사람은, 불신앙자가 될 수 없을 것이다! 위대한 사건에도 지고의 힘이 드러남을 보게 될 터이기 때문이다. 잠시만이라도 비참하기 짝이 없는 삶의 현장에서 인생의 진리를 깨달으며 눈으로 보고 귀로 들은 것에 관심을 쏟고 되새겨 보았던 사람은, 하나님을 믿을 것이며 아마도 자신이 생각하는 것보다 더 많은 것을 배울 것이다.

1880년 6월 22~24일

라자로의 부활
(렘브란트 모작)

1890

내가 책을 읽는 이유는 작가들이 나보다 사물을 더 폭넓고 온화하고 애정 어린 눈길로 바라보며, 현실을 더 잘 알고 있고, 내가 그들에게서 무언가 배울 게 있기 때문이다. 하지만 선과 악, 도덕과 부도덕에 대한 온갖 잡소리에는 정말 관심 없다.

1881년 12월 23일

●●●

내게 점점 더 능숙해지는 능력, 즉 손쉽고 빠르게 책을 읽고 강렬한 인상을 유지하는 재능을 누구나 갖추었으면 좋겠다. 책을 읽는 것은 그림을 보는 것과 비슷하다. 의심하지 말고, 망설이지 말고, 자신감을 품고, 아름다운 것을 아름답게 여길 줄 알아야 한다.

1881년 8월 5일

책, 현실, 미술은 나에게 똑같은 것이다.

　가끔 역사를 돌이켜 보면, 상당히 빠르고 지속적인 변화가 곧바로 눈에 띈다. 그렇기에 나는 각 인간이 이러한 변화에 적은 힘이나마 보태고 있고, 각자의 생각과 행동이 차이를 만든다는 결론에 이른다. 투쟁은 짧으며, 열성을 다할 만한 가치가 있다. 많은 사람이 열성을 다하고 원하는 것을 진심으로 바라면, 시대 전체가 좋아지거나 적어도 활력이 넘칠 것이다.

1883년 2월 11일

고난은 정말로 수없이 많으며, 단박에 극복할 수 없다. 발전은 자신이 원하거나 남이 기대하는 만큼 빨리 진행되지 않는다는 점에서 광부의 작업과 비슷하다. 이러한 작업에 직면하는 경우 가장 필요한 것은 인내와 믿음이다. 사실 나는 고난에 대해 곰곰이 생각하지 않는다. 너무 조바심 내면 어지럽거나 혼란스럽기 때문이다.

수많은 실을 맞추어 엮어야 하는 직조공은 실들이 서로 잘 맞는지 골똘히 궁리할 겨를이 없고, 자신의 작업에 몰입한 채 생각하지 않고 행동할 뿐이며, 어떻게 해야 모든 일이 잘될 수 있는지 그저 느끼기만 할 뿐 설명하지 못한다.

1883년 3월 11일

소소한 감동이 우리 인생을 이끄는 위대한 선장이며, 우리는 이를 깨닫지 못한 채 이러한 감동에 순종한다는 것을 잊지 말자. 우리의 울분과 우울함도, 우리의 선량함과 분별력도 우리의 유일한 길잡이가 아니며, 우리의 궁극적 수호자는 더더욱 아님을 잊지 말자.

언젠가 우리는 우리의 운명을 알게 될 것이다.

1889년 7월 14~15일

세상과 우리 자신 안에는 악이 숨어 있다. 무서운 일이 도사리고 있다. 그래서 인생길을 걸은 지 오래되지 않았어도, 두려움에 시달리며 내세에 대한 확고한 희망이 필요함을 느끼게 된다.

하지만 우리는 지나간 인생에 애착을 느낀다. 낙담을 이겨 낼 쾌활함이 살아 있기 때문이다. 아침이 되면 언제나 지저귀는 종달새처럼 우리 마음과 영혼은 환호한다. 우리 영혼이 때로 깊은 실의에 빠져 불안에 떨지라도 말이다. 우리가 사랑했던 모든 것에 대한 기억은 고스란히 살아남아 인생의 황혼기에 되돌아온다. 그 모든 것은 죽은 것이 아니라 잠자고 있을 뿐이므로, 기억에서 보물을 모으는 것이 좋다.

1877년 5월 30일

나는 종종 아주 부자라는 생각이 든다. 돈이 많아 부자가 아니라, 할 일을 찾았기 때문에, 몸과 마음을 바칠 수 있는 무언가가, 인생에 영감과 의미를 안겨 주는 무언가가 있으므로 부자다(날마다 그런 것은 아니지만 말이다).

물론 기분이 바뀌기는 하지만, 그런데도 대체로 평온함을 느낀다. 미술에 대한 확고한 신념이 있고, 이는 인간을 안식처로 데려다주는(물론 인간도 협력해야 한다) 세찬 물결이라는 확실한 믿음이 있으며, 아무튼 인간으로서 할 일을 찾은 것을 큰 행복으로 여기고 자신을 불행한 사람으로 간주하지 않는다. 따라서 내가 상당히 심각한 고난에 처해 있고 내 인생에 암울한 날들이 있더라도, 누군가가 나를 불행한 사람으로 간주한다면, 나는 이를 마음에 들어 하지도 않고 옳게 여기지도 않을 것이다.

내 생각에 우리는 모두 많든 적든 우울함, 스트레스,

고뇌에 시달리는 순간이 있으며, 이는 자의식이 있는 모든 인간이 지닌 삶의 조건이다. 자의식이 전혀 없는 것처럼 보이는 사람도 있기는 하다. 그러나 자의식이 있는 사람은 때로 곤경에 빠지기는 해도 이 때문에 불행해지지는 않으며, 기이한 일을 겪지도 않는다. 때로는 해결책이 생기고, 때로는 마음속에 새롭게 활력이 솟아나 우리는 곤경을 이기고 다시 일어선다. 그러다가 마침내 어느 화창한 날 다시 일어서지 못할 것이다. 이는 어쩔 수 없다. 하지만 전혀 기이한 일이 아니며, 다시 말하거니와 인간의 타고난 운명이라는 것이 내 생각이다.

1883년 3월 11일

내 마음속 깊은 곳에서 다시 생겨난 믿음은, 인생에는 무언가 좋은 일이 있으며, 인생을 진지하게 여기려 노력하고 최선을 다하는 것이 가치 있다는 사실이다.

1882년 7월 23일

나는 현재의 모든 것을 거부하지는 않는다. 전혀 그렇지 않다. 하지만 예전의 그리운 것들이 그대로 남아 있으면 좋을 텐데, 사라지고 있는 것이 보인다. 특히 미술에서 그렇다. 인생 자체에서도 그렇다.

대체로 무언가 회의적이고 무관심하고 냉랭한 분위기가 퍼져 있다. 바쁘게 활동하기는 하지만 말이다.

1883년 1월 26~27일

술이나 담배에는, 좋은 점인지 나쁜 점인지 잘라 말할 수 없지만 애욕 억제제라 일컬을 만한 효과가 있는 것 같다. 미술 활동을 할 때 술 담배를 항상 멀리할 수는 없다.

어쨌든 이것저것 다 끊어야 하더라도, 농담하는 법을 완전히 잊어서는 안 된다. 정신이 똑바르고 말짱하면 다시 무언가에 빠져들 것이 너무나 뻔하다. 그렇게 되면 대개 순식간에 완전히 길을 잃게 되므로, 이제 열정을 억누르고 친밀감을 높이려 애써야 한다.

무언가에 열정을 품을 수 있는지는 나에게 그다지 중요한 일이 아니다. 하지만 함께 사는 인간에게 애착을 느낄 힘은 남아 있다고 믿는다.

1889년 3월 3일

내 그림이 온갖 불운을 겪게 될 것으로 예상하지만, 작업하지 않는 것보다 작업하는 것이 더 유익하리라 생각한다.

사람들이 서로를 만나는 것은 노동을 통해서이고, 이것이 서로를 대하는 가장 좋은 방법이다.

그 밖의 다른 모든 것은, 이를테면 인간관계는 나에게 부차적이다. 나는 인간관계에 재능이 없다. 그런 걸 어쩌란 말인가.

1890년 5월 21일

내가 예절을 까다롭게 따지는 사람과 잘 지내는 요령이 없는 것은 아마도 사실이다. 하지만 가난하거나 평범한 사람과 사귀는 재주는 있는 것 같다. 한 가지를 못하면, 다른 한 가지는 잘하는 법이다.

1882년 3월 3일

세상 사람들은 인간의 '인간성'을 눈여겨보거나 소중히 여기지 않고, 이 세상에 있을 때 얼마만 한 가치의 돈이나 재산을 지니고 있는지만 궁금해한다. 세상 사람들은 저세상에 관해서는 생각지 않는다. 그러기에 눈앞의 이익만 좇을 뿐이다. 나 자신은 인간 자체에 호감이나 반감을 느끼며, 인간의 주변 일에는 거의 관심이 없다.

1882년 5월 14~15일

내 잘못은, 내가 거절당한 진짜 이유는 이것인 것 같다. 다름이 아니라, 돈이 없으면 애초부터 자격이 없다는 것이다.

예전에는 힘이 법이었다면 오늘날에는 돈이 전부다.

1882년 5월 16일

내가 바라는 것은 생활에 꼭 필요한 필수품뿐이며, 그 밖의 것에는 관심이 없다. 내가 원하는 바는 온 힘과 마음을 다해 일하여 다른 노동자처럼 고정된 주급을 받는 것이다.

나는 노동자이므로 노동자 계급에 속하며, 더욱더 이 계급 속으로 파고들어 이 계급에 뿌리를 내릴 것이다. 나는 다른 방식으로 살 수 없으며, 다른 삶을 갈망하지도 않고, 다른 삶을 상상할 수도 없다.

1882년 5월 10일

이탄 들판의
소작농 여성

1883

군대 앞에는 적군이 있듯 우리가 무슨 일을 하든 돈 문제는 항상 존재하며, 이를 부정하거나 잊어버릴 수는 없다. 나는 돈 문제를 해결하기 위해 누구 못지않게 본분을 다할 것이며, 아마도 언젠가는 지출한 모든 비용을 갚을 수 있을 것이다.

내게 재산이 있다면 홀가분한 마음으로 예술을 위한 예술을 하겠지만, 지금은 열심히 작업하면 아마도 발전할 것이라는 생각에 만족하고 있다.

1882년 5월 23일

예전에 나는 아주 소극적이고 온순하고 조용했지만, 이제는 더 이상 그렇지 않다. 이제는 어린애도 아니다. 마음대로 하고 싶다는 느낌도 가끔 든다.

정말이지, 적극적으로 살고 싶다면, 때로 잘못된 일을 저지르는 것을 두려워해서도 안 되고 어떤 실수에 빠지는 것을 무서워해서도 안 된다. 나쁜 짓을 아무것도 하지 않아야 선해질 수 있다고 생각하는 사람이 많다. 그것은 착각이다. 그러면 제자리걸음을 하다가 평범해진다.

1884년 10월 2일

과거를 돌아볼 때마다, 미래를 내다볼 때마다, 극복하기 어려울 고난을 생각할 때마다, 전혀 하고 싶지 않으며 내가(나의 사악한 자아가) 회피하려 하는 많은 힘든 작업을 떠올릴 때마다, 나를 주시하고 있는 수많은 사람의 눈길을 생각할 때마다(따라서 이들은 내가 실패하면 그 이유를 훤히 알 것이다. 상투적인 비난을 던지지는 않겠지만, 무엇이 옳고 선하고 순금처럼 고귀한지 산전수전 다 겪어 통달하고 있으므로, 정색한 표정을 짓고 이렇게 물을 것이다. "우리는 너를 도왔고 너에게 빛이 되었다. 우리는 너를 위해 할 수 있는 모든 일을 다 했다. 너는 정녕 이렇게 되기를 원했느냐? 우리의 노고에 대한 보상과 열매는 무엇이냐?"), 그렇다, 나는 이 모든 일을, 갖가지 종류의 다른 많은 일을 생각할 때마다(너무 많아 일일이 언급할 수 없다), 인생 길을 나아감에 따라 줄어들지 않는 모든 문제와 걱정을 떠올릴 때마다, 그 밖에 고통, 실망, 수치스러운 실패의 위험을 생각할 때마다, 이런 갈망에도 사로잡히게 된다. "모든 것에서 벗어나고 싶다."

하지만 나는 하던 일을 계속한다. 신중함을 기울이며, 이 모든 난관을 물리치는 데 성공하여 나에게 닥칠 비난에 응수할 수 있으리라는 희망을 품고서 말이다. 모든 상황이 나에게 불리해 보이지만 내가 열망하는 목표에 도달하리라는 확신과, 하나님의 뜻에 따라 내가 사랑하는 사람들에게서, 내 뒤에 태어날 사람들에게서 인정받으리라는 신념을 다지며 말이다.

1877년 5월 30일

특히 나를 아는 사람 대다수가 나를 실패자로 간주하고 있음을 생각하면, 나는 나이가 더 든 것처럼 느껴지고, 몇 가지가 개선되지 않으면 정말로 실패자가 될 수도 있다고 믿게 된다. 실패자가 될 수도 있다고 생각하면, 나는 이를 너무도 현실감 있게 느끼는 나머지 그 생생함에 완전히 압도되어 실제로 실패자이기라도 한 듯 모든 즐거움을 상실한다.

모든 일이 정말로 어떻게 될지는 나 자신에게만 달린 것이 아니라, 세상 사람과 주변 상황에 따라서도 결정된다. 내가 신경 쓰고 책임져야 할 일은, 내가 처해 있는 상황을 최대한 활용하여 발전을 이루기 위해 최선을 다하는 것이다.

서른 살이 되었을 때 비로소 시작되는 일도 많으며, 서른 살에 모든 일이 끝나는 것은 분명히 아니다. 하지만 인생이 우리에게 허락하지 않는 일도 있음을 경험으

로 알고 있기에 우리는 인생에서 이러한 일까지 기대하
지는 않는다. 그보다는, 인생은 씨를 맺게 하는 시기일
뿐이며 현세는 열매를 거두는 곳이 아님을 점점 더 뚜
렷이 깨닫기 시작한다.

1883년 2월 8일

나중에 더 나은 작품을 그리더라도, 지금과 조금도 다르지 않게 작업할 것이다. 지금과 똑같은 종류지만 약간 더 무르익었을 뿐인 사과를 생산할 것이라는 말이다. 나는 초심에서 벗어나지 않을 것이다. 그렇기에 이렇게 말한다. 지금 쓸모가 없다면 나중에도 쓸모없을 것이다. 하지만 나중에 쓸모가 있다면 지금도 쓸모 있는 것이다. 밀은 밀이기 때문이다. 이를 처음 보는 도회지 사람에게는 풀처럼 보이지만 말이다.

　　사람들이 내가 하는 일과 방식을 좋아하든 싫어하든, 어차피 나로서는 자연이 자신의 비밀을 밝힐 때까지 자연과 씨름하는 수밖에 다른 방법이 없다.

1885년 1월 26일

너는 묻겠지, 까칠하게 굴어 봐야 무슨 소용이 있느냐고? 때로는 그럴 수밖에 없다.

1885년 9월 2일

누에넨의 개혁 교회를
떠나는 신도들

1885

나는 몸을 사리고 흥분이나 고난을 피할 생각이 없다. 오래 살든 짧게 살든 별 차이가 없다고 여겨지니까.

나는 무식한 사람처럼 밀고 나아간다. '몇 해 안에 틀림없이 상당한 작업을 완성'하리라는 한 가지 사실만 알 뿐이다. 서두를 필요는 없다. 그러면 좋지 않다. 침착하고 평온하게 계속 작업해야 한다. 최대한 꾸준히 집중해서, 되도록 간명하게.

이러한 작업이 나의 목표다. 이러한 생각에 집중하면 우리가 하는 일도, 하지 않는 일도 모두 단순해진다. 이 모든 일이 혼돈을 이루는 것이 아니라, 우리가 하는 모든 일이 하나의 열망이 되기 때문이다.

1883년 8월 7일

나는 내 의견이 남의 의견보다 낫다고 여기지 않는다. 하지만 요즘 부쩍 드는 생각은, 내 의견을 포함해서 모든 의견을 허섭스레기로 만드는 무언가가 있다는 것이다.

어떤 진리나 사실이 그러한데, 이는 우리 의견에 거의 또는 전혀 영향을 받지 않는다. 이를 내 의견이나 남의 의견으로 착각하는 오류를 범해서도 곤란하다.

풍향계 때문에 바람의 방향이 바뀌지 않듯이, 일반적 진리도 의견 때문에 변하지 않는다.

풍향계가 없어도 바람이 동쪽이나 북쪽으로 불듯이, 아무런 의견이 없어도 진리는 진리다.

1884년 1월 4일

나는 생각하거나 살아가면서 지금의 열정을 억누를 뜻이 전혀 없다. 절대 그러지 않을 것이다.

　거절을 당할 수도 있고, 종종 착각할 수도 있고, 때로 틀릴 수도 있지만, 어느 정도까지는 그래도 괜찮다. 근본적으로 나는 틀린 게 아니니 말이다.

　아무 오류도 편견도 없다면, 최고의 그림도 아니고 최고의 인간도 아니다.

1884년 10월 9일

정말로 인생은 투쟁이다. 우리는 방어하고 저항하며, 기개는 드높아도 경계심을 늦추지 않고 계획과 전술을 세워, 돌파하고 전진해야 한다. 인생길을 나아갈수록 인생이 쉬워지는 것은 결코 아니다.

하지만 우리가 처한 고난을 이겨 내는 동안 우리 가슴속에 정신적 힘이 발달하며, 인생의 투쟁 가운데 우리의 마음이 성숙한다(우리는 폭풍을 헤치며 성장한다).

1877년 10월 30일

속담에 따르면 행운은 대담한 자들의 편이다. 반론이 있을 수 있겠지만, 근본적으로 맞는 말이라고 생각한다. 뒤집어 말해도 마찬가지다. 즉 도덕적으로 나약하거나 용기가 부족하면 결국 치명적 파멸에 이른다.

따라서 나는 항상 모험을 피하기보다 오히려 즐기려 마음먹는다. 지나치게 즐기려다 머리를 부딪히면, 그러면, 부딪히라지.

1883년 12월 13일

●●●

    대수학에서 음수끼리 곱하면 양수가 되듯이, 실패가
거듭되면 성공에 이르게 된다는 희망을 나는 여전히 품
고 있다.

1883년 3월 3일

내가 성공하지 못할지라도 내가 해 온 일은 계속되리라고 나는 믿는다.

나 혼자만 진실한 일을 믿는 것은 아닐 테니 말이다. 그렇다면 나 개인이 뭐가 중요하다는 말인가?

인간의 일생은 밀의 일생과 똑같다는 느낌을 지울 수 없다. 내가 싹을 내도록 땅에 뿌려지지 않더라도, 뭐가 문제란 말인가. 그러면 나는 빻아져서 빵이 될 텐데!

행복과 불행에 차이가 있다지만, 둘 다 필요하고 유용하다. 죽음이나 소멸은…… 매우 상대적이며, 인생도 마찬가지다.

병에 걸려 불안이나 염려에 휩싸여도 이러한 신념은 절대로 흔들리지 않는다.

1889년 9월 20일

우리는 완벽하지 않고 부족한 점이 많으며, 남들도 그러하고, 따라서 생각과는 정반대로 고난이 끊임없이 닥칠 것을 점점 더 깨달을 것이다. 그래도 이 때문에 낙담하거나 무심해지지 않으면 이를 통해 성숙할 것이며, 성숙해지려면 인내해야 한다고 나는 믿는다.

1883년 2월 8일

나도 잘 알고 있다. 내가 용감하다면, 마음속에서 회복이 찾아올 것이다. 고통과 죽음을 담대히 감수함으로써, 의지와 자기애를 포기함으로써. 하지만 그럴 생각이 들지 않는다. 나는 그림을 그리고 싶고, 사람과 사물과 우리의 삶을 이루는 모든 것을 만나고 싶다.

1889년 9월 10일

저 멀리 불빛이 아주 또렷이 보인다. 그 빛이 이따금 사라지는 것은 대개 나 자신의 잘못 때문이다.

1876년 7월 3~4일

저녁 해가 지는
풍경

1885

잘못될까 두려워 앞뒤를 재고 망설인다면, 아무 일도 할 수 없을 것이다. 그래서 나는 물불을 가리지 않고 작업에 뛰어든 뒤 습작을 건져서 나온다. 마음속에 폭풍이 몰아치면, 정신적으로 멍해지려고 술을 한잔 걸친다. 이는 미친 짓이며 바람직한 행동으로 볼 수 없을 것이다. 하지만 지금만큼 내가 화가로 느껴진 적이 없다.

나는 그림 그리는 데 정신이 빠져 있다. 미친놈의 토끼 사냥꾼들이 토끼 사냥에 정신이 빠져 있듯이.

주의력이 높아지고, 손끝이 야무져진다. 그러므로 내 그림이 나아질 것이라고 너에게 장담할 수 있다! 나에게 남은 것은 그림밖에 없으니까.

1888년 7월 22일

우리의 영혼에 큰 불길이 타오르는데도 아무도 그 불기를 쬐러 오지 않으며, 행인들은 굴뚝에서 나오는 희미한 연기 말고는 아무것도 보지 못한 채 지나쳐 간다. 그렇다면 우리는 어떻게 해야 할까?

1880년 6월 22~24일

2

미술과 자연의 밀 이삭을 틔우다

사랑과 지성을 갖추고 작업하는 화가라면,
자연과 미술에 대한 진실한 사랑을 통해
세상의 편견을 물리칠 수 있는 일종의 갑옷을 얻는다.
자연은 엄격하며 상당히 가혹하다.
하지만 속이는 법이 없으며
항상 앞으로 나아가도록 도와준다.

인생은 그림과 같다. 때로는 빠르고 단호하게 행동하고, 굳은 의지로 일에 착수하여, 번개처럼 빠르게 윤곽을 잡아야 한다. 망설이거나 주저할 이유가 없으며, 손을 떨지 말고 눈길을 이리저리 돌리지 말고 자신의 의도에만 고정해야 한다. 애당초 아무것도 없던 종이나 캔버스에 빠르게 무언가 형태가 생겨나도, 도대체 이것을 어떻게 그려 냈는지 나중에 자신도 잘 모를 정도로 깊이 몰입해야 한다. 판단과 숙고는 단호히 행동하기 전에 끝내야 한다. 실행하는 동안에는 숙고하거나 판단할 여유가 없다.

1882년 5월 12~13일

가끔 풍경화를 그리기를 갈망한다. 원기를 되찾기 위해 멀리 거닐기를 열망하듯 말이다. 모든 자연에서는, 예를 들어 나무에서는, 표정이, 말하자면 영혼이 보인다. 가지 잘린 버드나무가 줄지어 늘어선 모습은 고아의 행렬을 닮았다.

싱싱한 밀 이삭은 이루 말할 수 없을 만큼 순수하고 부드러워, 이것을 보면 이를테면 잠든 아이의 표정을 볼 때와 비슷한 감정이 생겨난다.

길섶의 짓밟힌 풀은 빈민가의 주민처럼 지치고 찌들어 있다. 얼마 전 눈이 내린 뒤 한 무더기의 사보이 양배추가 얼어붙은 것을 보고선, 이른 아침에 얇은 치마와 낡은 목도리만 걸치고 서 있던 한 무리의 여인이 떠올랐다.

우울한 기분이 들면 텅 빈 바닷가를 거닐며 길고 흰 파도가 일렁이는 회록색 바다를 바라보는 것이 얼마나 기운을 북돋아 주는가. 하지만 무언가 위대한 것, 무한

한 것, 하나님이 보이는 것이 필요하다면, 멀리 바라볼
필요가 없다. 나는 바다보다 더 깊고, 무한하고, 영원한
것이 어린아이의 눈빛에 깃들어 있다고 믿는다.

1882년 12월 10일

마르셀 룰랭의
초상

1888

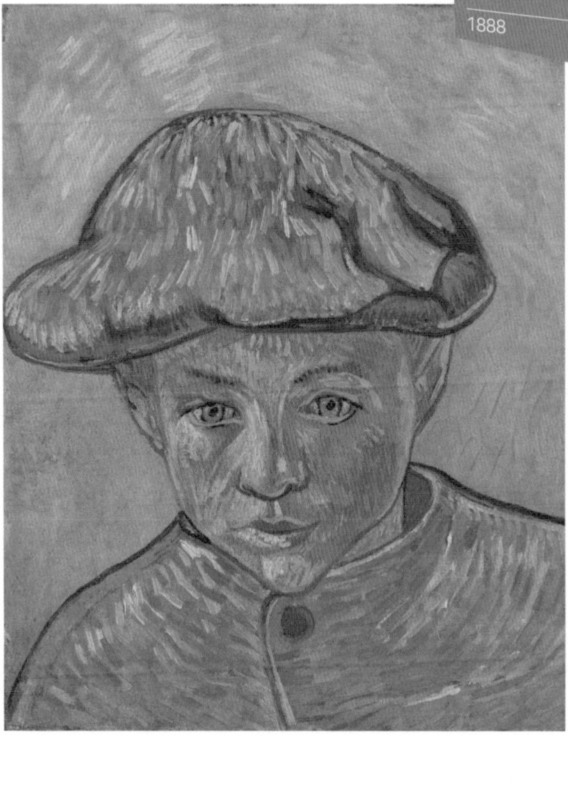

까미유 룰랭의
초상

1888

나는 시간이 흐를수록 특히 인물을 그리는 게 좋으며, 이는 풍경을 그리는 데도 간접적으로 도움이 된다고 느낀다. 가지 잘린 버드나무를 살아 있는 인물처럼 그린다면(이 나무는 실제로 살아 있는 존재다), 이 나무에만 모든 관심을 기울이고 이 나무에 생명의 숨결을 불어넣는 데 쉬지 않고 힘쓴다면, 주변 풍경은 저절로 완성된다.

1881년 10월 12~15일

나는 종종 소란을 일으키지만, 내 마음속에는 고요하고 순수한 화음과 음악이 있다. 아무리 가난한 작은 집에서도, 아무리 더러운 구석에서도 내 눈에는 그림을 그리거나 소묘할 거리가 보인다. 그러면 참을 수 없는 충동에 이끌린 듯 내 마음은 그 방향으로 향한다.

시간이 흐르면서 다른 것은 점점 눈앞에서 사라지고, 그럴수록 더 빨리 내 눈은 독특한 아름다움을 찾아낸다. 미술에는 끈질긴 작업, 모든 고난에 맞서는 작업, 끊임없는 관찰이 필요하다.

내가 말하는 끈질김이란 먼저 쉴 새 없는 작업을 뜻하지만, 다음으로 남이 무슨 말을 하든 자신의 관점을 포기하지 않는 것도 의미한다.

나는 최근에 화가와 대화해 본 적이 거의 없다. 그래도 마음에 걸리지 않았다. 귀 기울여야 할 것은 화가의 말이 아니라 자연의 말이다.

1882년 7월 21일

내가 좋은 코트를 입고 있으면, 내 모델이 되어 주는 노동자들은 나를 불신하고 악마처럼 두려워하거나, 아니면 나에게 많은 돈을 요구한다.

옷차림, 얼굴, 말투 등 내 태도를 두고 수군거리면, 나는 뭐라고 대답해야 할까……. 그러한 쑥덕임이라면 지긋지긋하다.

그렇다면 나는 이와 다른 의미에서 예의를 지키지 않는 것일까, 다시 말해 무례하거나 요령이 없는 것일까?

내가 생각하기에 공손함이란 모든 사람에게, 특히 아는 사람에게 친절을 베풀려 하는 데서 비롯된다. 가슴에 애정이 가득한 사람이 다른 사람에게 힘을 보태고 도움을 주려 하는 데서, 궁극적으로 혼자가 아니라 남들과 함께 살려 하는 데서 생겨난다. 바로 이를 위해 나는 최선을 다하고 있다. 내가 그림을 그리는 것은 사람들을 지겹게 하기 위해서가 아니라 즐겁게 하기 위해서이며, 볼 만한 가치가 있는데도 흔히들 모르고 지내는 것에 관심을 쏟게 하기 위해서다.

나는 무례하고 불손하기 짝이 없는 괴물이므로 인간 사회에서 추방되어 마땅하다고 절대 생각지 않는다.

내가 그림의 모델들과 함께 살면 천박해지는가? 노동자들과 가난한 사람들의 집에 찾아가거나 이들을 아틀리에로 불러들이면 비천해지는가?

나는 그림을 더 잘 그리게 될수록 더 많은 문제와 반대에 부딪힐 것 같다. 바꿀 수 없는 여러 가지 기이한 습성 탓에 큰 고통을 겪어야 할 것이다. 먼저 내 외모와 말투, 옷차림 때문에. 다음으로, 내가 나중에 더 많은 돈을 벌게 되더라도, 사물에 대한 나의 견해와 내가 묘사하고 싶은 소재의 특성상 내가 대부분의 화가들과 다른 방면에서 계속 활동할 수밖에 없을 것이기 때문에.

1882년 4월 23일

농부나 넝마주이나 그 밖의 노동자를 그리는 것보다 더 쉬운 일은 없는 것 같지만, 회화에서 일상의 인물만큼 그리기 힘든 모티프는 없다!

땅을 파거나 씨앗을 뿌리는 농부 또는 화덕에 냄비를 올려놓거나 바느질하는 주부를 소묘하거나 그리는 법을 가르치는 미술 학교가 있다는 말은 들어 본 적이 없다. 하지만 웬만한 도시 어디에 있는 미술 학교에서든 역사적 인물, 아라비아의 인물, 루이 15세를, 요컨대 실제로 존재하지 않는 모든 종류의 인물을 모델로 고를 수 있다.

1885년 7월 14일

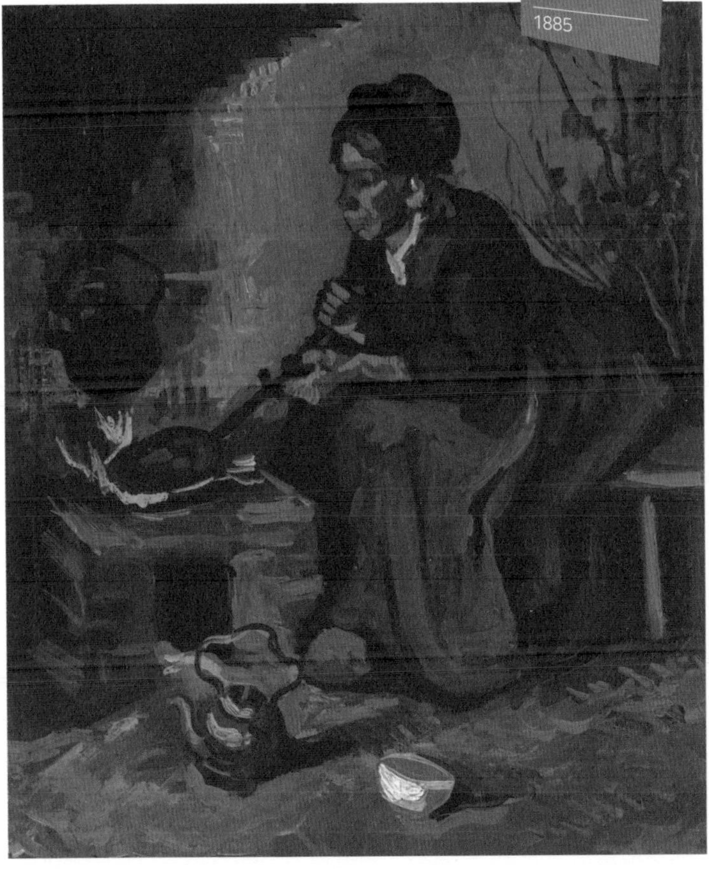

화덕 옆에서 요리
하는 여자 농부

1885

아, 그림을 그려야 하는데, 단순하게 그리는 게 어떨까? 삶 자체를 바라볼 때도 비슷한 인상을 받는다. 거리에 사람들이 보인다. 좋다. 그런데 숙녀보다 하녀가 훨씬 흥미롭고 아름답게 여겨진다. 신사보다 노동자가 훨씬 흥미롭게 생각된다.

1885년 12월 14일

바느질하는
여인

1885

갈퀴질하는
소녀

1881

성당을 찾는 것보다 사람의 눈을 그리는 게 더 좋다. 아무리 장엄하고 인상적인 성당에서도 찾을 수 없는 무언가가 사람의 눈에는 깃들어 있다. 부랑자거나 매춘부라도 사람의 영혼이 더 흥미롭게 보인다.

1885년 12월 19일

내 재료에서가 아니라 나에게서 아름다움이 생겨나기를 바란다.

1882년 5월 1일

어떻게 보면 나는 그림을 배운 적이 없어서 다행이다.

내가 어떻게 그리는지, 나 자신은 모른다. 나는 나를 사로잡는 장소 앞에 흰색 화판을 놓고 앉아서 눈앞에 있는 풍경을 바라보며 흰색 화판에 무언가 그려야 한다고 혼잣말한다.

불만족스럽게 집으로 돌아와 그림을 치워 놓고 약간 휴식을 취한 다음 왠지 두려움을 느끼며 그림을 바라본다. 그런 뒤에도 경이로운 자연이 기억에 생생히 남아 있어 도저히 만족할 수 없으므로 여전히 불만족스러워하지만, 나를 사로잡았던 광경이 내 작업에 반영된 것을 알아채고, 자연이 나에게 말을 걸었음을, 자연이 나에게 이야기한 내용을 내가 속기로 받아썼음을 깨닫는다.

내 속기에는 해독할 수 없는 단어, 오자, 탈자가 있을지도 모르지만, 숲, 해변, 또는 인물이 나에게 말한 내용이 들어 있다. 이 속기는 습득된 방식이나 일종의 시스템에서 생겨난 단조롭고 인습적인 언어가 아니라 자연 자체에서 태어난 언어다.

1882년 9월 3일

우리가 자연의 사물에 무감각해지거나 자연이 우리에게 더 이상 말을 걸지 않는 것 같은 때가 가끔 있다는 너의 말에 전적으로 동감한다. 나도 그렇게 느낀 적이 종종 있는데, 그럴 때 사뭇 다른 일을 시작하면 때로 도움이 된다. 풍경이나 빛의 효과에 무감각해지면 인물화에 착수하고, 인물에 무덤덤해지면 풍경화에 손을 댄다. 때로는 이런 덤덤한 시기가 지나가기를 기다리는 수밖에 없지만, 한 모티프에 주의를 집중하다가 다른 모티프로 바꿈으로써 둔감함을 극복하는 데 성공하는 경우도 이따금 있다.

1882년 10월 22일

자연을 오랫동안 열심히 관찰한 뒤에야 비로소 확신이 생긴다. 위대한 거장이 더없이 감동적으로 그린 작품은 삶과 현실 자체에 기초를 두고 있다는 신념이다. 삶과 현실을 깊이 파고들어 탐색해야만 영원히 사실로 존재하는 확실한 아름다움을 발견할 수 있다.

1885년 1월 26일

사랑과 지성을 갖추고 작업하는 화가라면, 자연과 미술에 대한 진실한 사랑을 통해 세상의 편견을 물리칠 수 있는 일종의 갑옷을 얻는다. 자연은 엄격하며 상당히 가혹하다. 하지만 속이는 법이 없으며 항상 앞으로 나아가도록 도와준다.

자연과 작업에 대한 사랑이 없다면, 나는 불행할 것이다. 사람들과 어울리지 않을수록, 자연을 신뢰하고 자연에 집중하는 법을 더 많이 배운다. 이러한 모든 일은 나의 내면을 점점 더 생기 넘치게 한다. 너도 잘 알다시피, 나는 싱그러운 녹색, 부드러운 파란색, 수천 가지 다양한 회색을 쓰기를 두려워하지 않는다. 적회색, 황회색, 녹회색, 청회색 등 회색이 아닌 색은 거의 없기 때문이다. 모든 색채 배합은 이러한 회색에 이르게 된다.

1882년 7월 26일

금세기 화가들이 창조한 가장 아름다운 것으로는 어둠의 회화를 꼽을 수 있는데, 이 어둠에는 색이 담겨 있다.

이름을 붙일 수 없으나 사실은 모든 것의 기초를 이루는 색을 팔레트에서 혼합할 줄 아는 것이 얼마나 중요한가!

1885년 4월 21일

완전한 검은색은 실제로 존재하지 않는다. 하지만 흰색과 마찬가지로 거의 모든 색에 들어 있으며, 색조와 색도로만 구분되는 무한히 다양한 회색을 만든다. 따라서 자연에서는 사실은 이러한 색조와 색도밖에 보이지 않는다.

삼원색은 빨간색, 노란색, 파란색이다. 이것들의 합성색은 주황색, 녹색, 보라색이다.

여기에 검은색과 흰색을 약간 추가하면 적회색, 황회색, 청회색, 자회색 등 무한히 다양한 회색이 생긴다.

얼마나 많은 녹회색이 있는지 말하는 것은 불가능하다. 이 색이 무한히 다양하게 변조되기 때문이다.

무슨 색이든 합성하려면 이러한 몇 가지 단순한 원칙만 지키면 된다. 이 원칙을 잘 이해하는 것이 70가지 색을 가지고 있는 것보다 훨씬 더 가치 있다. 삼원색과 흰색 및 검은색을 배합하면 70가지 이상의 색조와 색도를 만들 수 있기 때문이다. 색채주의자란 자연에서 어떤 색채를 보고 냉정하게 분석하여, 이를테면 "녹회색이란 검은색은 들어 있지만 파란색은 거의 들어 있지 않은 노란색이다." 등의 말을 할 수 있는 사람이다. 요컨대 팔레트에서 자연의 회색들을 만드는 법을 아는 사람이다.

1882년 7월 31일

해 질 녘의
씨 뿌리는 사람

1888

흔히들 색채라고 말하는 것이 사실은 색조를 뜻한다고 생각한 적이 종종 있다. 아마도 요즘은 색채주의자보다는 색조주의자가 더 많을 것이다. 색채와 색조는 매우 잘 어울릴 수 있으나 같은 것은 아니다.

저녁 하늘이나 금발의 여자를 자갈의 회색 같은 칙칙한 색채로 그릴 수 있는가라는 문제로 다시 돌아가자. 잘 생각해 보면, 이는 사실 두 가지와 관련된 문제다.

먼저 어두운 색채가 밝은 듯하거나 밝게 보일 수 있는데, 이는 색조에 관한 문제로 보아야 한다. 다음으로 실제 색채에 관해 말하자면, 적회색은 그다지 빨갛지 않으며 옆에 무슨 색채가 있는지에 따라 더 빨갛게도 보이고 덜 빨갛게도 보인다.

파란색에서도 마찬가지이며, 노란색에서도 마찬가지이다.

어떤 색채를 보라색이나 연보라색 색조 안이나 옆에

칠하는 경우, 이 색채가 매우 노랗게 보이게 하려면, 노란색을 약간 더하면 된다.

1884년 6월 6일

이런저런 것을 발견하려는 의도로 사물을 관찰할 때보다, 사물과의 직접적인 접촉에서 착상이 떠오를 때, 훨씬 생각이 건전해진다고 믿는다.

채색 문제도 마찬가지다. 저절로 잘 어울리는 색도 있지만, 나는 본 대로 채색하려 최선을 다한 뒤, 내가 느낀 대로 채색하는 작업에 착수한다.

느낌은 위대한 것이며, 느낌 없이는 아무것도 생산할 수 없을 것이다.

1882년 9월 18일

나는 눈에 보이는 것을 그대로 재현하기보다, 개성을 강렬히 표현하기 위해 내 멋대로 색상을 구사한다.

이론은 접어 두고, 예를 하나 들어 내 생각을 설명하겠다.

나는 한 친구의 초상화를 그리려 한다. 이 친구는 드높은 꿈을 품고 있으며, 천성을 그렇게 타고난 탓에 나이팅게일이 노래하듯 작업하는 미술가다. 나는 이 남자의 머리를 금발로 그릴 것이다. 이 남자에게 느끼는 감탄과 사랑을 그림에 담고 싶기 때문이다.

처음에는 생긴 그대로, 충실하게 그릴 것이다. 하지만 그림은 그렇게 끝나지 않는다. 그림을 완성하기 위해 나는 제멋에 취한 색채주의자가 된다.

금발 머리를 과장한다. 오렌지, 크롬 옐로, 밝은 레몬색을 쓴다.

머리 뒤에는 누추한 방의 평범한 벽을 그리는 대신, 무한성을 그려 낸다. 내가 만들 수 있는 가장 진하고 가장 강렬한 파란색을 배경에 가득히 칠한다. 선명한 파란색 배경에서 금발 머리가 환하게 빛나는 이러한 단순한 조합은, 남색 하늘에 별이 빛나는 듯한 신비스러운 느낌을 줄 것이다.

1888년 8월 18일

색은 그 자체로 무언가를 표현한다.

나는 자연의 색조 배치에 나타나는 일정한 순서와 일정한 정확성을 고수하며, 어리석음을 범하지 않고 사리를 분별하기 위해 자연을 연구한다. 하지만 내가 사용하는 색이 자연의 색과 정확히 일치하는지는 신경 쓰지 않는다. 그 색이 자연에서 보기 좋듯이, 내 캔버스에서 보기 좋으면 그만이다.

가을 풍경을, 노란색 단풍잎이 무성한 나무를 그려야 한다고 가정해 보자. 좋다. 내가 이 풍경을 노란색의 교향곡으로 여긴다면, 내가 칠하는 노란색 원색이 나뭇잎의 노란색과 똑같든 똑같지 않든 무슨 문제가 있겠는가? 거의 상관없다. 대부분의 효과는, 아니 모든 효과는 동일한 색채에서 생겨난 무한히 다양한 색조를 다루는 내 감각에 달려 있다.

우리는 처음에는 자연을 따르기 위해 죽도록 헛수고하며, 모든 것이 뜻대로 되지 않는다. 우리는 마침내 차분히 팔레트에서 모든 색조를 창조하며, 이에 따라 팔레트에서 자연이 생겨난다.

가장 아름다운 그림은 상상 속에서 상당히 자유롭게 창작된다고 믿지만, 자연을 아무리 많이 연구하거나 파고들어도 지나치지 않다는 생각을 버릴 수 없다.

1885년 10월 28일

그림을 더 훌륭히 완성하겠다고, 주의 깊게 작업하겠다고 다짐해도, 날씨로 인해 빛이 변하는 난관을 만나면 이러한 수많은 생각을 실행할 수 없게 된다. 나는 체념에 젖어서, 이것도 경험이며 혼자서 매일 조금씩 작업하면 결국은 성숙하여 더 완벽하고 더 올바른 작업을 할 수 있으리라고 스스로 다독인다. 천천히 오랫동안 작업하는 것이 유일하게 올바른 길이며, 훌륭한 작품을 만들겠다는 어떠한 야심도 그릇된 것일 뿐이다. 매일 아침 다시 일에 착수하면, 뜻대로 될 때도 있지만 캔버스를 망칠 때도 많기 때문이다. 그림을 그리기 위해서는 평온하고 규칙적인 삶이 반드시 필요하다.

이런저런 그림을 그리겠다고 미리 다짐하지 않고 자연에서 출발해 열심히 작업하면, 예술성에 집착하지 않고 구두를 제작하듯 작업하면, 항상 잘 그릴 수 있는 것은 아니지만 전혀 기대하지 않은 때에 앞선 시대 화가의 작업과 견주어도 아무런 손색없는 모티프를 발견

아를 근처의 길

1888

하게 된다. 첫인상과 완전히 다른 시골을 알게 된다.

1889년 11월 26일

미리 예고하는데, 누구나 내가 너무 빨리 작업한다고 떠들 것이다. 그런 말은 한마디도 믿지 마라. 우리를 이끄는 것은 감정, 자연과의 진정한 일체감이 아닐까? 때로 이러한 감정이 매우 강해지면 우리는 작업을 하면서도 작업하는 줄 느끼지 못한다. 때로 대화나 편지의 낱말들처럼 끊임없이 가지런히 붓놀림이 계속되면, 항상 이렇지는 않았으며 앞으로도 영감이 떠오르지 않는 답답한 날이 찾아올 것을 기억해야 한다. 쇠는 달구어졌을 때 두드려야 하고, 버린 쇠막대기는 따로 모아 두어야 한다.

1888년 6월 25일

겨울이면 눈밭에, 가을이면 노란색 낙엽에, 여름이면
다 익은 밀밭에, 봄이면 풀밭에 깊숙이 파묻혀 지내면
왠지 좋다. 항상 잔디 깎는 기계와 시골 아가씨와 함께
하며, 여름이면 드넓은 하늘 아래로 나가고, 겨울이면
시커먼 난롯가에 모이고, 항상 이랬으며 항상 이러리라
느껴지면 왠지 좋다.

1885년 6월 22일

그림에는 무언가 무한한 것이 깃들어 있다.

색에는 조화나 대조가 숨어 있는데, 이러한 조화나 대조는 저절로 효과를 발휘하며 어떤 다른 매체로도 표현할 수 없다.

1882년 8월 26일

각각의 색을 대비와 관련하여 연구해야만 색의 조화를 확신할 수 있다.

1885년 2월 26일

나는 여전히 두 가지 생각에서 헤어나지 못한다. 하나는 물질적 어려움에 관한 생각, 다시 말해 생계를 유지하기 위한 이런저런 걱정이고, 다른 하나는 색 연구에 관한 생각이다. 나는 여전히 색 연구를 통해 무언가 발견하기를 바란다. 두 보색의 결합을 통해, 이 보색의 혼합과 대조를 통해, 또한 인접색의 신비로운 진동을 통해 두 연인의 사랑을 표현한다. 어두운 배경에서 환하게 빛나는 광채를 통해 이마에 감춰진 생각을 표현한다. 별을 통해 희망을, 노을을 통해 인간의 정념을 표현한다. 이러한 표현은 착시를 일으킬 만큼 사실적이지는 않겠지만, 더 실제적이지 아닐까?

1888년 9월 3일

멍청한 눈빛으로 우리를 바라보는 빈 캔버스를 마주하면 그 위에 무엇이든 그려야 한다. 빈 캔버스가 우리를 노려보면 얼마나 몸이 굳어지는지 너는 모를 것이다. 캔버스는 화가에게 "너는 아무것도 할 수 없어."라고 말하는 것 같다. 캔버스는 바보 같은 눈빛으로 화가에게 최면을 걸어 화가까지 바보로 만든다. 많은 화가는 빈 캔버스 앞에 서면 두려움을 느낀다. 하지만 빈 캔버스도 진정으로 열정적인 화가를 만나면 두려워한다. 이 화가들이 대담하게도 "너는 아무것도 할 수 없어."라는 주문을 깨뜨렸기 때문이다.

인생도 한없이 무의미하고 낙담하게 만들고 절망스러운 면을 항상 우리에게 들이민다. 이 빈 면에는 아무것도 없다. 빈 캔버스에 아무것도 없듯이.

그러나 인생이 아무리 무의미하고 허무하고 막막해 보일지라도, 신념과 활력과 인정이 있는 사람은, 무언가 깨닫고 있는 사람은, 이러한 모습에 속아 넘어가지 않을 것이다.

1884년 10월 2일

사람들이 바리새인처럼 공허하고 위선적인 말로 기교에 관해 제멋대로 떠들도록 놓아두자. 진정한 화가는 감정이라고 하는 양심에 이끌린다. 화가의 영혼이, 화가의 머리가 붓에 이끌리는 것이 아니라, 붓이 화가의 영혼에 이끌린다.

1885년 10월 10일

정신을 소모하고 병들고 망가질수록 나는 창조적 미술가가 된다. 우리가 미술의 위대한 부흥기라고 말하는 시대에 말이다.

아닌 게 아니라 지금은 미술의 부흥기다. 하지만 영원히 존재하는 미술과 그 부흥(오래전에 베어 낸 줄기와 그 뿌리에서 돋아나는 푸른 새싹), 이것들은 너무 정신적인 것이다. 미술을 창작하느니 생명체를 창조하는 게 희생이 덜하리라 생각하면 무언가 우울함이 가시지 않는다.

내가 자신감과 평온함을 회복할 수 있는 유일한 방법은 더 잘 그리는 것이라고 스스로 되새긴다.

화가는 색뿐만 아니라, 희생과 극기와 비애로 그림을 그린다.

1888년 7월 29일

자신의 의도를 정확히 표현하기는 어렵다. 보이는 대로 그리기 힘들 듯이 말이다.

아름다운 것을 그리려면, 약간의 영감이 있어야 한다. 가슴속에 품고 있는 것이 아니라 저 높은 곳에서 비치는 광선이 필요하다.

1890년 2월 1일

비 오는 하늘 아래
건초 더미
1890

새것을 위해 옛것을 희생한 수많은 사람이 이를 몹시 후회할 날이 올 것만 같다. 특히 미술 분야에서 그렇다.

의견이 달라도 하나로 뭉쳐 세력을 이룬 화가, 작가, 그러니까 예술가 집단이 있었다. 이들은 어둠 속을 걸은 게 아니라 밝은 빛을 받았으므로, 원하는 바를 잘 알고 의구심을 품지 않았다.

서로 다른 힘이 상승효과를 내어, 강력하고 고귀한 세력을 이루었다. 당시에 갤러리는 더 작았고, 아름다운 그림이 금세 팔렸으므로, 아마도 아틀리에에는 지금보다 훨씬 많은 그림들이 걸렸을 것이다. 그림으로 꽉 찬 아틀리에, 작은 갤러리 윈도, 무엇보다도 미술가들의 맹목적 믿음, 온정, 열정, 열광, 이 모든 일은 얼마나 숭고한 것이었던가.

1882년 11월 24일

인물들로 구도를 잡으려면 많은 작업이 필요하다.

이는 주의를 기울여 실을 구분해야 하는 직물 짜기와 비슷하다. 한꺼번에 여러 가지를 살피고 눈에서 놓치지 말아야 한다.

1882년 10월 8일

나에게는 작업이 반드시 필요하고 작업을 미룰 수도 없다. 어떤 것도 작업보다 더 많은 기쁨을 주지 못한다. 다시 말해, 다른 것에서 얻는 기쁨은 즉시 바닥난다. 나는 계속 작업할 수 없으면 우울해진다. 실이 뒤엉키고, 직조기에 있는 무늬가 감쪽같이 사라지고, 생각과 정성이 허사가 되는 것을 바라보는 직조공 같은 기분이 든다.

1883년 6월 3일

끝없는 돈 걱정에 한없이 시달리는 것만 빼면 작업도 잘 진행되고 있다. 요즘 매우 큰 만족을 느끼며 작업하고 있다. '궤도에 올랐다'는 확고한 느낌도 든다.

우리가 기존의 것에 신경 쓰지 않고 밀고 나간다면, 정직하고 자유롭게 자연을 이해하려 노력한다면, 사람들이 뭐라고 말하든 초심을 잃지 않는다면, 우리는 침착하고 결연한 자세로 미래를 바라보게 된다.

1883년 6월 22일

내 작업에 무척, 무척 불만이다. 나에게 유일하게 위안을 주는 말은, 적어도 10년은 그려야 괜찮은 게 나온다는 다른 사람들의 경험담이다.

모사화를 그리는 것이 유익하게 느껴지는 이유를 말해 주겠다. 우리 화가들은 항상 자신이 작곡하고 오로지 작곡가만 될 것을 요구받는다. 좋다. 하지만 음악에는 그런 요구가 없다. 가령 베토벤 연주자는 베토벤의 작품에 자신의 개인적 해석을 덧붙인다. 음악에서는, 특히 성악에서는 작곡가의 의도를 어떻게 해석하는지가 중요하며, 작곡가만 자작곡을 연주해야 한다는 철칙이 없다.

모사화를 그리지 않는 화가도 많지만, 모사화를 그리는 화가도 많다. 나는 우연히 모사화를 시작했는데, 공부도 되거니와, 무엇보다 위로가 된다고 생각한다. 붓이 손가락 사이에서 바이올린의 활처럼 움직이며 나에게 더없는 기쁨을 준다.

특히 지금은 내가 병들어 있으므로, 나에게 위로가
되는 일을 하여 나 자신에게 기쁨을 주고 싶다.

1889년 9월 20일

훌륭한 그림을 그리는 일은 다이아몬드나 진주를 찾는 것 못지않게 어려운 일이라고 확신한다. 노력이 필요하며, 미술 상인이나 미술가로서 인생을 걸어야 한다. 하지만 일단 보석을 발견하면 자신감을 잃지 말고 과감하게 일정한 가격을 고수하는 것이 중요하다.

이러한 생각은 나에게 작업할 용기를 북돋운다. 물론 많은 돈을 지출해야 한다는 사실은 괴롭지만 말이다. 이러한 괴로움에 시달리던 와중에 진주에 관한 생각이 떠올랐다.

어려운 작업을 하는 것은 나에게 유익하다. 하지만 그러한 작업을 할 때도 나는 종교(이렇게 불러도 좋을까)에 대한 엄청난 욕구를 느낀다. 그러면 밤에 야외로 나가 별들을 그린다. 나는 친구들의 생생한 모습이 담긴 이와 같은 그림을 항상 꿈꾼다.

1888년 9월 29일

묘사 대상과 묘사 방식이 완전히 조화를 이루어 하나의 스타일이 되어야만 미술 작품의 독특성이 생기는 것이 아닐까?

예를 들어 이집트 미술의 비범성이 돋보이는 이유는, 평온하고 침착한 파라오들이 지혜롭고 온화하고 너그럽고 선량하게 그려져 태양을 숭배하는 영원한 경작자 이외의 다른 존재가 절대 될 수 없는 것처럼 보이기 때문이 아닐까?

이집트 미술가들은 신앙에 의지하여 느낌과 직감으로 작업하며, 선량함, 한없는 너그러움, 지혜, 평온함 등 눈에 보이지 않는 모든 특성을 몇 개의 능란한 곡선과 기막힌 비율로 표현한다. 다시 말하지만, 묘사 대상과 묘사 방식이 일치해야 작품에 스타일과 독특성이 생긴다.

마음에 끌리는 그림을 보면, '이 그림이 어떤 집에, 어떤 방에, 어떤 구석에, 누구의 가정에 잘 어울릴까, 안성맞춤일까.' 생각지 않을 수 없다. 할스, 렘브란트, 페르메이르의 그림은 옛날 네덜란드 집에 걸려야 제격이다. 인상주의 화가들도 마찬가지다. 미술 작품이 없으면 인테리어가 완성되지 않듯이, 그림이 그려진 시기의 원래 환경과 하나가 되지 않으면 그림도 완성되지 않는다. 인상주의 화가들이 그들의 시대보다 더 가치가 있는지, 아직 그만큼 가치가 없는지 잘 모르겠지만 말이다. 어쨌든, 지금까지 그림으로 표현된 그 어떤 것보다 더 중요한 집의 영혼이나 인테리어가 존재할까? 나는 그렇다고 믿는 편이다.

1889년 6월 9일

내 작품의 상업적 가치에 관해서 말하자면, 시간이 지나도 내 작품이 다른 화가의 작품만큼 잘 팔리지 않는다면 매우 놀랄 것이라 자부하는 것 이외에 다른 할 말이 없다. 지금 잘 팔릴지 후일 잘 팔릴지는 크게 신경 쓰지 않는다. 천성에 따라 성실하고 끈질기게 작업하는 것이 절대 실패하지 않는 가장 확실한 방법이라 생각한다.

자연에 대한 감정과 사랑은 미술에 관심 있는 사람에게서 언젠가는 공감을 얻기 마련이다. 미술가의 의무는 자연을 깊이 연구하고 지성을 최대한 발휘하여 작품에 감정을 담음으로써 남들이 작품을 이해할 수 있게 하는 것이다. 판매에 뜻을 두고 작업하는 것은 내 생각으로는 절대로 올바른 길이 아니며 미술 애호가를 속이는 일이다. 진정한 미술가는 그런 짓을 하지 않으며, 언젠가 미술가가 얻게 될 공감은 진정성을 통해 생겨난다. 나는 그 이상은 알지 못하고 그 이상 알 필요도 없다고 생각한다. 미술 애호가를 찾고 이들의 호감을 사기 위해 노력하는 것은 다른 종류의 문제이며 당연히 허용된다.

하지만 요행수를 바라서는 안 된다. 그러면 원하지 않는 결과를 낳을 수 있으며, 작업에 쏟아야 할 시간을 낭비하게 될 것이 틀림없다.

1882년 7월 31일

낮은 가격에도 구매자를 찾지 못하는 것은 많은 화가에게 도저히 참을 수 없거나, 적어도 거의 참을 수 없는 일이다. 우리는 당당한 사람이 되고 싶어 하며, 그렇기에 짐꾼처럼 열심히 일한다. 그렇지만 수입이 부족한 탓에 작업을 포기해야 한다. 그림값으로 받는 것보다 더 많은 돈을 그림에 들이지 않고서는 작업을 계속할 방법이 보이지 않는다. 모든 게 자신의 책임이고, 자신이 부족한 탓이고, 무언가 약속을 지키지 않은 듯한 느낌이 든다. 작업의 대가로 적절하고 합리적인 가격을 받는다면 훨씬 당당할 텐데, 그다지 당당해지지 못한다. 친구 사귀기를 꺼리고 소란을 일으킬까 두려워하며 예전에 한센병 환자들이 그랬듯 저 멀리서 다가오는 사람들에게 "너무 가까이 오지 마세요. 저와 접촉하면 슬픔과 고통을 겪게 돼요."라고 외친다. 우리는 가슴속에 산더미 같은 근심을 품고서도, 평소처럼 차분한 얼굴로 눈썹 하나 까딱 않고 작업을 시작하여 일상생활을 이어가고, 모델들과 집세를 달라는 집주인과 요컨대 모든 사람과 부대끼며 살아간다. 한 손으로는 냉철하게 방향키를 잡고 작업을 계속하며, 다른 한 손으로는 남들에게 민폐를 끼치지 않도록 힘써야 한다.

그러다가 폭풍이 닥치면, 예기치 않은 일을 당하면, 어쩔 줄 몰라 하며 금방이라도 암초에 부딪힐 것 같은 아찔함을 느낀다.

우리는 남에게 도움을 주는 독지가나, 이득이 많은 장사를 궁리해 내는 사업가로 자처할 수 없다. 오히려 모든 일이 손해로 끝날 것이 안 봐도 뻔하다. 하지만 마음속에 투지가 북받친다. 우리는 완수할 임무가 있으며, 이 임무를 반드시 완수해야 한다.

1882년 11월 26~27일

정직한 사람이 미술계에 남아 있어야 하는 것이 매우, 매우 필요하다는 사실을 알고 있는가? 정직한 사람이 전혀 없다고 말하려는 게 아니다. 하지만 내 말이 무슨 뜻인지 너도 짐작할 것이며, 얼마나 많은 화가가 터무니없는 거짓말쟁이인지 나만큼 잘 알 것이다.

1882년 12월 4~9일

미술 거래 전체가 병들었다는 생각이 든다. 솔직히 털어놓자면, 아무리 걸작이라도 이 엄청난 가격이 그대로 유지될지 의심스럽다.

이러한 상황이 미술가에게 상관이 있을까? 아니다. 아무리 위대한 미술가도 가격이 최고로 오른 최근 말고는 이 엄청난 가격에서 혜택을 본 적이 거의 없으며, 이러한 엄청난 시세 상승이 없었더라도 그림을 덜 그리거나 덜 아름답게 그리지 않았을 것이다.

감상할 만한 가치가 있는 그림을 그릴 수 있는 화가라면, 먹고살 만큼 돈을 벌게 해 주는 미술 애호가를 언제나 발견하기 마련이다. 나는 한 달에 150프랑을 버는 화가로 살겠다. 한 달에 1,500프랑을 벌겠다고 다른 직업을 택하지 않겠다. 미술 거래상이 되기도 싫다.

화가로 살다 보면 내가 나와는 다른 종류의 인간들과 어울려 지내는 인간이란 느낌이 든다. 이러한 기분은 투기에 정신을 뺏기고 인습에 따르는 인생을 살면 좀처럼 맛보기 힘들다.

1883년 10월 22일

●●●

    오늘날의 미술 거래에 대해 내가 비관적 견해를 고수할 수 있게 해 주기 바란다. 비관한다고 해서 용기가 꺾이는 것은 절대 아니니 말이다. 나는 이렇게 추론한다. 그림 가격 흥정이 상식을 벗어나 갈수록 튤립 투기 파동을 닮아 간다는 내 주장이 옳다고 가정해 보자. 다시 말해 지난 세기말에 튤립 투기 파동이 그러했듯, 미술 거래나 그 밖의 여러 투기도 상당히 빠르게 시작되더니 이번 세기말에 순식간에 사라질 것이라고 가정해 보자.

    튤립 투기 파동은 없어질지 몰라도, 튤립 재배는 계속될 것이다. 나는 자신의 작물을 사랑하는 순박한 재배자가 되는 데에 기꺼이 만족한다.

1885년 10월 28일

미술 거래에 종사하다 보면 어떤 편견이 생긴다. 이를 테면 그림은 재능이라는 생각에 빠진다. 그렇다, 재능이다. 하지만 흔히들 떠올리는 재능과는 좀 다르다. 우리는 손을 내밀어 이 재능을 꽉 붙잡아야 하며(이렇게 붙드는 것은 어려운 일이다) 재능이 저절로 드러날 때까지 기다리면 안 된다.

　연습이 대가를 만든다. 그림을 그려야 화가가 된다. 화가가 되고 싶다면, 그러한 열정이 있다면, 자신의 감정을 느낄 수 있다면, 화가가 될 수 있다. 하지만 화가가 되려면 고난, 걱정, 실망을 겪으며 우울하고 무기력하기 짝이 없는 시간을 보내야 한다. 그것이 내 지론이다.

1883년 10월 16일

지금까지 나는 나 자신을 위해서보다 물감과 캔버스를 사는 데 더 많은 돈을 썼다.

내 그림은 그림에 드는 비용만큼 값을 받아야 한다. 아니 이미 든 비용도 많으므로, 그보다 훨씬 높은 가격을 받아야 한다. 그렇게 될 것이다.

1888년 4월 5~9일

내 작품이 훌륭하다면, 내다 팔지 않고 간직하더라도 금전적 측면에서 손해 볼 이유가 전혀 없다. 내 작품은 지하실에 저장한 포도주처럼 소리 없이 발효할 것이기 때문이다.

1888년 10월 29일

그림은 돈을 물 쓰듯 쓰면서도 결코 만족하지 않는 얄
미운 연인 같아 종종 슬프다.

1888년 6월 23일

그림을 그리는 데 이렇게 큰 비용이 들다니 얼마나 안타까운가!

하지만 보라, 우리가 사는 세상에서 우리가 하는 일은 시세가 높지 않다. 그림이 팔리지도 않을뿐더러 다 그린 그림을 맡기고도 돈을 빌릴 데가 없다. 몇 푼 되지 않는 돈을 마련하려 중요한 작품을 건네는데도 말이다. 바로 그렇기 때문에 우리는 운명의 온갖 변덕에 희생된다.

이러한 상황은 우리 살아생전에 변하지 않을 것 같다. 우리 뒤를 이을 화가들이 더 풍족하게 살 수 있는 길을 닦는 것만으로도 굉장한 일이 될 것이다.

새로운 회화가 가치를 인정받자마자 화가들이 나약해질 것이라는 우려가 있다. 하지만 어쨌든 확실한 사실은 우리는 퇴폐주의자가 아니라는 것이다. 무슨 까닭에 사람들은 인상주의에도 퇴폐주 성향이 있다고 여기는 것일까? 전혀 그렇지 않다!

1888년 8월 23~24일

아, 모든 미술가에게 생계와 작업에 필요한 돈이 충분히 있다면! 하지만 사정이 그러하지 못하므로 나는 온 힘을 다하고 투지를 불살라 수많은 작품을 생산하고 또 생산할 것이며, 그러면 언젠가 우리의 사업을 확장하고 남들에게 더 큰 영향력을 미칠 수 있는 날이 올 것이다.

전시에 산다면 우리는 아마도 싸우러 나가야 할 것이다. 이러한 운명을 슬프게 여기며 평화로운 시대에 태어나지 않은 것을 한탄할 테지만, 결국은 싸우러 나갈 수밖에 없다. 마찬가지로 우리는 생계비가 필요하지 않은 상황을 바랄 권리가 있기는 하지만, 오늘날 모든 일에는 돈이 필요하므로 얼마간 지출이 있다면 얼마간 수입을 마련할 생각을 해야 한다.

1888년 9월 23~24일

나는 항상 이렇게 혼잣말한다. 돈은 일종의 화폐이며, 회화도 다른 종류의 화폐다.

1889년 2월 3일

그림을 사랑하는 것보다 화가를 사랑하는 것이 낫다고 내가 주장한 것은 어쩌면 너무 심했다.

나는 이런 식으로 두 가지 사랑을 구별할 권한이 없다. 살아 있는 화가들은 생계비도 모자라고 물감값도 부족하여 엄청난 고통을 받는 반면에, 죽은 화가들의 그림에는 높은 가격이 지불되는 게 눈앞에 보이는 문제이지만 말이다. 어느 신문에서 그리스 골동품 수집가가 자신의 친구에게 보낸 편지를 읽었는데, 거기에 이런 구절이 있었다. "너는 자연을 사랑하고, 나는 인간의 손으로 만든 모든 것을 사랑하지만, 이러한 취향의 차이도 근본적으로 하나야." 이 말이 내 주장보다 낫다고 나는 생각했다.

1889년 7월 2일

우리가 하는 일이 무한성을 지향하면, 우리의 작업이 존재 이유가 있고 미래에도 계속될 것을 우리가 알고 있으면, 우리는 더 평온하게 작업한다.

생각하면 생각할수록, 인간을 사랑하는 것보다 더 예술적인 것은 없다고 느껴진다.

1888년 9월 18일

내 마음속에 창조력이 용솟음치는 것을 느낀다. 훌륭한 작품을 거의 매일 잇달아 완성하는 때가 올 것이라고 확신한다.

나는 최선을 다하고 온 힘을 기울인다. 아름다운 것을 만들고 싶은 마음이 굴뚝같기 때문이다. 하지만 아름다운 것을 그리려면 노력뿐만 아니라 실망과 끈기도 필요하다.

1889년 9월 9일

미치거나 병들어도 자연을 사랑하는 사람이 있다. 바로 화가다.

1889년 5월 9일

생 레미 근처 알피에 있는
포플러 나무 두 그루
1889

끈질긴 작업의 결과, 손은 점점 더 느낌에 따르게 된다.

1882년 7월 6일

화가는 구두장이만큼 열심히 일해야 한다고 생각한다.

나에게는 진리가 매우 귀중하며, 진실을 창조하려는 노력도 매우 소중하다. 여하튼 나는 색으로 연주하는 음악가가 되기보다는 색으로 작업하는 구두장이가 되는 편이 낫다고 생각한다.

1890년 2월 12일

미술가는 사람들에게 자신의 작품을 보여 줄 때 자기 사생활의 내적 갈등(이러한 갈등은 미술 작품을 창작할 때면 생겨나는 독특한 어려움과 밀접하고도 불가분한 관계를 맺고 있다)을 아주 친밀한 친구에게 터놓을 때 빼고는 아무에게도 말하지 않을 권리가 있다고 나는 생각한다.

미술가의 작품과 사생활의 관계는 출산하는 산모와 갓난아기의 관계와 같다. 우리는 갓난아기를 구경해도 되지만, 피가 묻었는지 살펴보려고 산모의 속옷을 들추어서는 안 된다. 산모를 찾아와 이러한 행위를 하면 실례일 것이다.

1882년 3월 11일

새로운 화풍은 매력이 있기는 하지만 시간이 지나면 강렬하고 감동적인 인상이 점점 더 약해진다. 오랫동안 새로운 그림을 구경한 뒤에 순박한 그림을 보면 다시금 생생한 기쁨을 맛본다.

내가 새로운 화풍에 대해 일부러 환멸을 느끼려 한 것은 아니다. 오히려 이러한 환멸은 내 뜻과 달리 나도 모르게 내 생각에 움트기 시작했다. 오늘날 생산되는 그림들로는 채울 수 없는 일종의 허전함이 시간이 지날수록 점점 더 느껴졌기 때문이다.

이러한 느낌이 생기는 원인도 미술가들의 생활과 성격이 바뀌었기 때문이 아닐까? 네 경험은 어떤지 모르겠지만, 이를테면 흐린 날씨에 먼 길을 산책하려 하는 사람을 요새도 흔히 찾아볼 수 있을까? 너라면 나처럼 기꺼이 그런 산책을 떠나고 즐기겠지만, 많은 사람은 싫어할 것이다. 마찬가지로 이제는 화가들과 말을 나누어도 대개 대화가 몹시 재미없다는 인상을 받는다. 요즘은 무슨 일을 해도 왠지 바쁘고 쫓겨서 도무지 마음에 들지 않고, 모든 일이 죽음의 손길이 스친 듯 시들해진 것 같다.

1882년 11월 5일

화가로 생활하기 시작할 무렵에 우리는 자신도 모르게 상황을 어렵게 만든다. 아직 이 직업을 통달하지 못했다는 자괴감, 이 직업을 통달할 수 있을까 하는 불안감, 발전하고 싶은 간절함, 여전히 부족한 자신감으로 인해 왠지 쫓기는 느낌을 떨칠 수 없으며, 서둘러 작업하기를 바라지 않으면서도 스스로 다그친다. 이는 어쩔 수 없다. 이러한 시기는 피할 수 없으며, 이래야만 하고, 이럴 수밖에 없다는 것이 내 생각이다.

　　하지만 나는 이러한 곤경 때문에 낙담하지 않는다. 이러한 고난은 나 자신뿐만 아니라 다른 화가에게도 똑같이 닥쳤으나, 저절로 점점 사라졌음을 알아챘기 때문이다.

　　한평생 살다 보면 작업이 힘든 경우도 때로 있겠지만, 항상 초보일 때처럼 성과가 미미하지는 않으리라 생각한다.

1883년 2월 8일

나는 모든 것이 있는 그대로인 것을 좋아하며, 어설프게 개혁하기보다 아무것도 바꾸지 않고 있는 그대로 받아들이는 것을 선호한다. 위대한 혁명, 미술가를 위한 미술, 아마도 그런 것은 유토피아이며, 그렇기에 더 나쁘다.

인생은 너무 짧고 빨리 지나가는 것 같다. 그래도 화가라면 그림을 그려야 한다.

1888년 6월 15~16일

우리가 지금 추구하고 있는 미술은 갈 길이 멀어 보이므로, 우리는 침착한 마음으로 기틀을 잡아야 하며 퇴폐주의자처럼 살아가면 안 될 것이다. 이곳에서 나는 일본 화가들처럼 자연을 벗 삼아 소시민처럼 살겠다. 너도 잘 알겠지만, 그렇게 살면 퇴폐주의자처럼 우울함에 빠지는 일이 적을 것이다.

사실 우리는 자신의 개인적 미래에 대해서는 아는 바가 없지만, 인상주의는 길이 지속될 것으로 느껴진다.

1888년 9월 21일

일본 미술을 공부해 보면, 더없이 지혜로우며 철학적이고 지적인 사람과 마주치게 된다. 이 사람은 무슨 일을 하며 시간을 보낼까? 지구에서 달까지의 거리를 잴까? 아니다! 그러면 비스마르크의 정책을 공부할까? 아니다! 이 사람은 한 잎의 풀을 연구한다. 이 한 잎에서 출발하여, 다음에는 온갖 초목을, 다음에는 사계절을, 드넓은 풍경을, 동물을, 마침내는 인간을 그린다. 이렇게 평생을 보내며 이 모든 일을 하기에는 인생이 너무 짧다.

일본 화가들에게서 부러운 점은 이들의 작품에서는 모든 것이 매우 선명하다는 것이다. 칙칙하거나 서둘러 그린 듯한 작품이 전혀 없다. 이들의 작업은 호흡처럼 단순하다. 조끼의 단추를 끼우듯 손쉽게 몇 번 쓱쓱 붓을 놀려 인물을 그린다.

1888년 9월 23~24일

나는 기질상 흥청망청 살며 작업할 수 없으며, 주어진 환경에서 그림을 그릴 수 있는 데 만족해야 할 것이다. 이것은 행복도 진정한 삶도 아니지만, 무엇을 바라겠는가? 미술 활동이 진짜 진정한 삶이 아님을 잘 알고 있지만, 이러한 활동도 나에게는 매우 생기 있게 느껴지며, 이에 만족하지 않는다면 고마움을 모르는 행동일 것이다.

1888년 5월 1일

미술가의 삶이 진정한 삶은 아닐지라도, 미술가로 살아가는 바로 이러한 순간에 나는 이상적이고 진정한 삶에서 누릴 법한 행복을 느낀다.

1888년 7월 1일

나는 미술에 특별한 신념을 품고 있다. 다시 말해 내 작업에서 도달하려는 목표를 잘 알고 있으며, 그러다가 파멸할지라도 이 목표에 도달하려 애쓸 것이다.

1885년 9월 2일

간결한 화풍의 미술가는 작업의 대가로 생계를 유지할 수 없다. 인상주의 그림을 이해하고 사랑할 만큼 지적인 사람은 대부분 너무 가난하여 이 그림을 살 수 없기 때문이다. 그렇다고 고갱과 내가 작업을 줄여야 할까? 아니다. 빈곤과 사회적 고립을 어쩔 수 없는 현실로 받아들여야 한다.

그러다 어느 날 성공하면 더욱더 좋을 것이다.

요컨대 우리는 수도승이나 은둔자처럼 살아야 한다. 작업에 열정을 다 바치고 편안함을 포기해야 한다.

성공과 실패에 철저히 초연한 태도를 유지하자.
나는 성공에도 행복에도 관심이 없다. 인상주의 화가들이 활발한 활동을 계속할 수 있기를 바랄 뿐이다.

1888년 8월 13일

불평하지 않고 고통을 견뎌야 한다는 것이 우리가 인생에서 배워야 할 유일한 교훈이다.

우리의 자잘한 불행뿐만 아니라 삶의 엄청난 슬픔도 웃어넘기는 게 아마도 가장 좋을 것이다.

오늘날 사회에서 우리 미술가는 깨진 물 항아리에 지나지 않는다.

1889년 3월 19일

내 작업으로 생계를 꾸려 갈 수 있다면 나 자신을 매우 행복하게 여길 것이다. 이렇게 많은 그림과 소묘를 그렸는데 한 점도 팔리지 않았다고 생각하니 큰 걱정이 앞서기 때문이다.

1889년 5월 9일

우리는 승리하지 못하겠지만 패배하지도 않을 것이다. 우리가 시골의 자연을 그리는 것은 이런저런 다른 이유 때문이 아니라, 위로를 건네기 위해서거나 더 많은 위안을 안겨 줄 그림이 탄생할 앞날을 준비하기 위해서다.

1889년 6월 18일

우리가 한두 가지 진실한 일을 했음을 깨닫고, 그 결과 적어도 몇 사람의 기억에 살아남을 것이며 후세에 좋은 모범을 남길 것을 잘 알고 죽는다면, 정말로 복받은 일이 틀림없다. 훌륭한 작품이 영원히 존속할 수는 없겠지만, 작품 속에 표현된 생각은 길이 남아 있을 것이며, 작품 자체도 오래 존속할 것이 거의 확실하다. 후일 나오는 다른 작품은 이러한 선구작의 발자취를 따르고 본받지 않을 수 없을 것이다.

1878년 3월 3일

자신이 미술가가 맞는지 의심을 품는 데 관해 말하자면, 이러한 회의는 도대체 공허하기 짝이 없는 일이다. 그렇지만 내가 미술가가 맞는지 숙고하기를 마다할 생각은 없다. 내가 소묘와 회화를 계속할 수만 있다면 말이다. 내 인생의 목표는 되도록 많은 회화와 소묘를 그리는 것이다. 내 인생을 다 보낸 뒤에는 사랑과 그리움을 품고 지난날을 돌아보고 '오, 못 다 그린 그림들이여!'라고 아쉬워하며 세상을 떠나고 싶다.

내가 자연에서 창조한 모든 작품은 불에서 꺼낸 밤처럼 고통을 견디고 완성한 것이다.

1888년 11월 19일

잡초를 태우는
농부

1883

3

사랑과 죽음의 밀밭에 서다

수많은 약자가 짓밟히는 것이 눈앞에 보이므로,
나는 진보와 문명이라 불리는 많은 것이
진짜로 진보이고 문명인지 심각하게 회의한다.
오늘날과 같은 시대에도 문명을 믿기는 하지만,
인류에 대한 진정한 사랑에 기초한 문명만 믿는다.
인간의 생명을 희생시키는 일을
무엇이든 야만적으로 여기며 존중하지 않는다.

자연 전체가 그러하듯 사랑도 시들고 싹트기를 되풀이할 뿐, 영원히 죽지는 않는다. 밀물과 썰물이 바뀌더라도 바다는 언제나 바다. 여성을 사랑하든 미술을 사랑하든 기진맥진하여 무기력해질 때가 있지만, 영원히 환멸을 느낀 적은 없다.

나는 우정과 마찬가지로 사랑도 감정일 뿐만 아니라 무엇보다도 행동이라 생각한다. 특히 사랑에 노력과 수고가 필요하다면 이로 인해 피로해지고 무기력해지기 마련이다. 진심으로 신실하게 사랑한다면 축복을 받을 것으로 나는 믿는다. 그렇더라도 때때로 고난이 닥치는 것을 막지는 못하지만 말이다.

1883년 2월 11일

우리의 인생은 끔찍한 현실이고, 우리 자신은 영원한 곳으로 나아간다. 모든 것은 늘 그대로 존재하며, 우리가 모든 것을 힘들게 여기든 덜 힘들게 여기든 관계없이, 우리는 모든 것의 본질에 아무것도 더하지 못하고 아무것도 빼지 못한다.

1883년 12월 7일

고향이란 자연만을 가리키지 않는다. 고향에는 같은 감정을 느끼고 나누는 인간도 있어야 한다. 그래야 고향이 완성되며 그제야 비로소 아늑함이 느껴진다.

1883년 6월 11일

내가 절반은 수도승이고 절반은 화가로서의 이중적 본성을 지니고 있지 않다면, 나는 이미 오래전에 완전하고 철저하게 몰락하여 광기에 빠졌을 것이다. 하지만 내 광기가 일종의 피해망상이라고 생각지 않는다. 내 감정은 흥분 상태에 빠지면 항상 영원과 영생의 문제에 몰입하기 때문이다.

1888년 10월 21일

해바라기가 있는
농장
1887

미술 활동에 완전히 전념하는 동안에도, 진정한 삶 (이상적이지만 도달할 수 없는 삶)에 대한 갈망이 존재하고 지속하고 반복해서 생겨난다.

미술에 온몸을 던지거나 미술을 위해 다시 일어서려는 의욕이 생기지 않는 경우도 때로 있다. 자신이 마차를 끄는 말이며, 같은 마차에 다시 묶일 신세임을 잘 알고 있기 때문이다. 그러면 마차를 끌고 싶은 마음이 생기지 않으며, 햇볕이 드는 강가의 초원에서 다른 말과 어울려 자유롭게 살면서 새끼를 낳는 데 힘쓰고 싶다.

따지고 보면 결국은 이러한 신세가 너의 심장 질환의 한 원인이라 해도, 나에게 그다지 놀라운 일이 아닐 것이다. 우리는 더 이상 이러한 처지에 반항하지도 않고 체념하지도 않는다. 우리는 병들어 있고 호전되지 않을 것이며 마땅한 치료법도 없다.

누군가는 이러한 상태를 '죽음과 불멸에 시달리는' 상황이라 부른 적이 있다. 우리가 끄는 마차는 우리가 모르는 사람들에게 틀림없이 쓸모가 있을 것이다. 우리가 새로운 미술을, 미래의 미술가를 믿는다면, 우리의 이러한 예감은 틀리지 않을 것이다.

선량한 코로 영감은 죽기 며칠 전에 이렇게 말했다. "어젯밤 꿈에서 하늘이 온통 분홍색인 풍경을 보았네." 아닌 게 아니라, 인상주의 풍경화에는 이러한 분홍색 하늘뿐만 아니라 심지어 노란색과 녹색 하늘도 등장하지 않았던가? 이 모든 것이 뜻하는 바는, 우리가 예감하는 대로 실제로 일어나는 일이 있다는 것이다.

우리가 죽으려면 한참 멀었다고 믿고 싶지만, 그럼에도 우리는 이러한 일이 우리보다 위대하며 우리 삶보다 더 오래갈 것이라고 느낀다. 우리는 죽는 것을 느끼지 못한다. 하지만 우리가 보잘것없다는 사실과 미술가들의 사슬에서 한 고리를 이루기 위해 값비싼 대가를 치르느라 건강, 젊음, 자유를 누리지 못하고 있으며, 이는 봄나들이 승객으로 가득한 마차를 끄느라 말이 봄을 즐기지 못하는 것과 비슷하다는 사실을 깨닫는다.

1888년 5월 20일

파리에서 마차를 끄는 늙은 말이 때로 기독교인처럼 크고 아름답고 슬픔 어린 눈을 가지고 있는 것을 본 적이 있는가? 어쨌거나 우리는 야만인도 농부도 아니며, 아마도 (이른바) 문명을 사랑해야 할 의무가 있다.

1889년 5월 9일

수많은 약자가 짓밟히는 것이 눈앞에 보이므로, 나는 진보와 문명이라 불리는 많은 것이 진짜로 진보이고 문명인지 심각하게 회의한다. 오늘날과 같은 시대에도 문명을 믿기는 하지만, 인류에 대한 진정한 사랑에 기초한 문명만 믿는다. 인간의 생명을 희생시키는 일은 무엇이든 야만적으로 여기며 존중하지 않는다.

내가 잘되기를 바라는 사람들이 이해해 주었으면 좋겠다. 내가 이 일을 하려는 것은 사랑을 깊이 느끼고, 사랑이 필요하기 때문이고, 경박함, 오만함, 무관심이 내게 이 일을 하도록 부추기는 것이 아니며, 내가 이 일을 실행한다면 이는 내가 땅바닥에 내려와 뿌리를 내리고 있다는 증거라는 사실을 말이다.

나는 더 높은 곳에 오르려 하거나 내 성격을 크게 바꾸는 것이 좋다고 생각지 않는다.

더 많은 경험을 쌓고 더 많은 것을 배워야 성숙해질

수 있다. 그렇게 되려면 시간과 꾸준한 노력이 필요할 것이다.

1882년 5월 12~13일

하나님을 알고 싶으면 많은 것을 사랑하는 것이 가장 좋은 방법이라고 생각지 않을 수 없다. 좋아하는 어떤 친구, 어떤 사람, 어떤 물건과 사랑에 빠지면, 하나님을 더 잘 알게 되는 올바른 길에 들어선 것이라고 나는 스스로 이른다. 하지만 고귀하고 진지하고 친밀하게 공감하며 의지와 지성을 다하여 사랑해야 하며, 하나님을 항상 더 철저히 더 정확히 더 자세히 알고자 항상 노력해야 한다. 그래야 하나님에게 다가가고, 흔들림 없는 신앙에 이르게 된다.

1880년 6월 22~24일

다른 사람과 함께 살며 사랑으로 맺어질 때, 우리는 존재할 이유가 있으며 전혀 무가치하거나 불필요하지 않고 이런저런 일에 쓸모가 있음을 깨닫게 된다. 우리는 서로가 필요하며 여행의 동반자로서 함께 여행하고 있기 때문이다. 그 밖에도 뿌듯한 자존감을 느끼려면 다른 사람과의 관계가 매우 중요하다.

누구나 그렇듯 나도 우정이나 사랑이나 친밀감이 넘치는 관계가 필요하다. 나는 돌이나 쇠로 만든 물 펌프나 전신주가 아니다. 교양 있고 존경받는 다른 사람들과 마찬가지로, 나도 친밀한 관계가 없으면 살아갈 수 없고, 공허하고 허전한 마음을 달랠 길이 없다.

1879년 8월 11~14일

사랑에 빠진 사람은 살아 있고, 살아 있는 사람은 일하고, 일하는 사람은 생계를 꾸린다.

나는 이 모든 것을 분명하게 확신하고, 바로 이러한 태도가 내 작업에 영향을 미친다. 나는 내 작업에 날마다 점점 더 끌리는데, 그 까닭은 내가 성공할 것이라고 느껴지기 때문이다. 내가 비범한 존재가 될 수 있다고 생각되는 것이 아니라, 정말로 매우 '평범한' 존재가 될 수 있다고 여겨지기 때문이다. 여기서 내가 말하는 '평범함'이란 내 작업이 건전하고 합리적이며 존재 이유가 있고 무언가 쓸모 있음을 뜻한다. 나는 진정한 사랑이야말로 우리를 현실로 내려오게 한다고 믿는다. 현실로 내려온 사람은 잘못된 길에 들어선 것일까? 나는 그렇지 않다고 생각한다.

1881년 11월 7일

하나님에 대한 신앙을 간직한 사람은 때로 양심의 나직한 목소리를 듣는다. 우리는 어린애처럼 순진하게 이 목소리를 따르는 것이 좋을 것이다. 어쩔 수 없는 경우가 아니면, 세상 사람에게 이 목소리에 관해 이야기할 필요도 없을 것이다.

1883년 1월 10일

어떤 사람은 하나님, 어떤 사람은 지고의 존재, 또 어떤 사람은 자연이라고 부르는 것이 불합리하고 무자비하다고 나는 생각지 않는다.

인생이라는 것이 이미 수수께끼인데, 현실은 인생을 수수께끼 중의 수수께끼로 만든다. 우리는 누구이기에 이 수수께끼를 풀려는 것일까? 아무튼 우리 자신은 사회의 일원이며, 사회에 대해 이렇게 묻는다. 이 사회가 어디로 가는가? 악마에게 가는가, 하나님께 가는가?

성직자들이 말하는 하나님은 완전히 죽었다고 나는 생각한다. 하지만 내가 무신론자일까? 성직자들은 나를 무신론자로 여긴다.

하지만 나는 사랑에 빠져 있다. 나 자신이 살아 있지 않고 남들이 살아 있지 않으면 내가 어떻게 사랑을 느낄 수 있겠는가? 우리가 살아 있으면 인생에는 무언가

경이로운 것이 존재한다. 그것을 하나님이라고 부르든, 인간성이라고 부르든, 달리 무어라 부르든, 논리적으로 정의할 수 없는 무언가가 존재한다. 이 존재는 생생하게 살아 있고 실제적이며, 알다시피 그것은 나에게는 하나님이거나 아니면 하나님에 버금가는 것이다.

1881년 12월 23일

자연의 아름다움에 대한 느낌은 아무리 좋은 느낌이라도 종교적 느낌과 똑같지는 않다. 두 느낌이 서로 긴밀히 연결되어 있다고 생각하지만 말이다.

1875년 9월 17일

날마다 나쁜 일도 있지만, 좋은 일도 있을 것이다. 하지만 특히 나중에 세상사에서 나날이 나쁜 일이 늘어날 때, 우리가 신앙에서 도움과 위로를 얻지 못한다면, 인생은 얼마나 끔찍할 것인가.

1876년 11월 10일

추수

1888

우리에게 필요한 자극, 불꽃, 그것은 바로 사랑이다. 신비스러운 사랑이 아니어도 괜찮다.

나도 여자와 함께 살고 싶다. 나는 사랑 없이, 여자 없이 살 수 없다. 인생에 무언가 무한한 것, 무언가 심오한 것, 무언가 진정한 것이 없다면 인생은 한 푼의 가치도 없다.

내가 후회하는 일이 있다면, 한동안 신비롭고 신학적인 현학성에 유혹되어 나 자신 속으로 너무 깊이 빠져든 것이다. 나는 차츰 여기에서 벗어났다. 아침에 깨어 나 자신이 혼자가 아니며 첫새벽에도 친구가 곁에 있는 것을 보면, 세상이 훨씬 더 상쾌하게 느껴질 것이다. 교훈서보다도, 성직자들이 좋아하는 회칠한 교회 벽보다도 훨씬 더 상쾌하게 느껴질 것이다.

1881년 12월 23일

사랑보다 탐욕과 야망에 더 빠진 사람은 무언가 문제가 있다는 게 내 생각이다. 사랑만 알 뿐 돈을 벌 줄 모르는 사람도 문제가 있다.

우리 마음속에서 야망과 탐욕은 짬짜미하여 사랑과 맞선다. 태어날 때부터 우리 모두의 가슴속에는 야망과 탐욕의 씨도, 사랑의 싹도 움트고 있다. 우리가 살아가면서 이러한 힘들은 대개 골고루 자라지 않는다. 어떤 사람에게는 사랑이, 어떤 사람에게는 야망과 탐욕이 발달한다. 하지만 지금 나이에 너와 나는 우리 마음속에 평정을 유지하기 위해 때로 무언가를 할 수 있을 것이다. 내가 생각하기에, 사랑이란 열정이 발달하면, 정말로 완전히 발달하면, 이와 반대되는 열정, 즉 야망과 탐욕이 발달한 경우보다 더 나은 성격이 생긴다. 하지만 어린 시절에는(특히 열일곱, 열여덟, 스무 살에는) 다름 아니라 사랑이 너무 풍부해져 나약해진 나머지 우리는 진로를 똑바로 유지하지 못하기에 십상이다.

사랑이든 야망과 탐욕이든 열정은 배의 돛이라 할 수

있다. 스무 살에 사랑의 돛에 완전히 몸을 맡기는 사람은 너무 많은 바람을 맞고, 배가 물로 가득 차 가라앉든지…… 다시 수면으로 떠오른다.

이와 달리 야망과 탐욕의 돛만을 올리는 사람은 사고도 없이 흔들림도 없이 인생에서 똑바른 항로를 유지하지만, 마침내, 마침내 자신에게 돛이 충분치 않음을 깨닫는 상황이 닥친다. 그러면 이렇게 말한다. "돛을 1제곱미터라도 더 얻기 위해서라면 내가 가진 모든 것을, 모든 것을 주고 싶다. 나는 돛이 모자란다!" 절망에 빠진다.

아! 그러나 이제 자신이 가진 다른 힘을 사용할 수 있음을 알아챈다. 여태까지 자신이 경멸하고, 지금까지 배 바닥에 처박아 두었던 사랑의 돛을 떠올린다. 이 돛이 우리를 구원한다. 이 돛이 우리를 구원해야 한다. 우리는 이 돛을 올리지 않으면 목적지에 도달할 수 없다.

내가 스무 살에 느꼈던 사랑은 어떤 것이었을까? 딱

부러지게 말하기 어렵지만, 당시 내 육체적 열정은 매우 약했다. 아마도 몇 년 동안의 심한 가난과 힘든 노동 때문이었을 것이다. 하지만 내 정신적 열정은 매우 강했다. 무슨 말인가 하면, 어떤 대가를 요구하거나 어떤 호의를 바라지 않고 오직 주기만 하고 받지는 않았다는 것이다. 어리석고, 잘못되고, 지나치고, 주제넘고, 오만했다. 사랑은 받을 뿐만 아니라 주기도 해야 하며, 거꾸로, 줄 뿐만 아니라 받기도 해야 하기 때문이다.

오른쪽이나 왼쪽으로 치우치는 사람은 넘어지며, 이런 사람에게는 자비가 내리지 않는다.

첫째, 아무것도 주지 않고 모든 것을 요구하는 것. 둘째, 아무것도 요구하지 않고 모든 것을 주는 것. 이 양극단은 치명적이고 나쁜 일이다. 둘 다 빌어먹게 나쁜 일이다.

첫 번째 극단에서는 우리가 악당, 도둑, 고리대금업

자 등으로 부르는 사회 구성원이 생겨나고, 두 번째 극단에서는 예수회파와 바리새인이 생겨나는데, 남녀 할 것 없이 이들도 모두 악당이다!

모든 것을 주고 모든 것을 받는 것이 참되고 진정한 일이다.

1881년 11월 12일

선한 두 사람이, 하나가 된 두 남녀가 똑같이 간절한 마음으로 똑같은 것을 원하고 바라면 이루지 못할 일이 무엇이 있겠는가! 나는 이에 대해 자주 깊이 생각했다. 두 사람이 하나가 되면 선한 힘은 두 배로 느는 데 그치지 않고, 수학 용어를 빌려 표현하자면, 마치 거듭제곱을 한 듯 여러 배로 늘어날 것이다.

1883년 3월 21일

여자들은 날씨처럼 변화무쌍하다. 눈이 밝은 사람만이 어떤 날씨에서도 아름답고 좋은 것을 발견한다. 눈발도 땡볕도 폭풍도 고요도 아름답게 여기고, 추위도 더위도 좋게 여기며, 모든 계절을 좋아하고, 한 해 중 단 하루도 놓치고 싶어 하지 않으며, 있는 그대로의 기상에 진심으로 만족하고 몸을 내맡긴다. 하지만 우리가 날씨와 변화하는 사계절을 아름답게 여기고 변화무쌍한 여성의 천성을 좋게 본다고 할지라도, 자연의 본성과 그 수수께끼에는 어떤 이유가 있을 것으로 믿으며 이해가 되지 않는 것이 있어도 다 받아들인다고 할지라도, 다시 말해 모든 변화를 좋게 본다고 할지라도, 우리 자신의 본성 및 관점이 우리와 하나가 된 여성의 천성 및 견해와 언제나 조화를 이루고 일치하는 것은 아니다. 따라서 우리는 믿음과 호의와 평온함을 보이더라도, 저마다 걱정이나 불만이나 의심을 품게 된다.

1883년 5월 10일

나는 오늘날의 기독교의 친구가 아니다. 그 창시자가 숭고하기는 하지만 말이다. 나는 오늘날의 기독교를 낱낱이 꿰뚫어 보아 왔다. 기독교는 얼음 같은 냉정함으로 어린 시절 나에게 최면을 걸었지만, 그 뒤로 나는 이에 대해 앙갚음을 하고 있다. 어떻게냐고? 그들이, 신학자들이, 죄라고 부르는 사랑을 숭배함으로써다. 또는 창녀를 존중하고, 정숙하고 경건한 척하는 수많은 귀부인을 존경하지 않음으로써다. 어떤 사람에게는 여성이 항상 이단이나 마귀로 보이겠지만, 나에게는 성인으로 보인다.

1884년 10월 2일

사는 것, 일하는 것, 사랑하는 것은 사실은 하나이고 같은 것이다.

1881년 11월 18일

내 행동이 옳든 그르든 나는 달리 행동할 수 없다.

나는 사랑 없이 살 수도 없고 살기도 싫고 살아서도 안 될 것이다. 나는 인간이다. 열정이 있는 인간이다. 나는 여자가 있어야 하며, 그렇지 않으면 얼어 죽거나 돌로 변할 것이다.

1881년 12월 23일

나는 사람들이 더 이상 자연에 관심이 없는 순간에도 인간에게는 관심이 있다고 생각한다.

치유하거나 구원하지 못할지라도 공감하고 동정할 수는 있다.

1886년 2월 14일

내가 그리는 작품은 자연이 묘사된 그림을 원하는 사람들에게 팔릴 것이다. 누가 뭐래도, 내가 그림을 그린 캔버스는 아무것도 그리지 않은 캔버스보다 가치가 있다. 그렇기에(나는 이 이상은 주장하지 않겠다. 내 말을 의심치 마라) 나에게는 그림을 그릴 권리와 그림을 그릴 만한 이유가 있다. 내가 그림을 그리느라 치른 대가는 내 육신이 산산이 부서지고, 내 정신이 돌았고, 생활에 적합지 않아 정신병원에 가야 한다는 것뿐이다.

희망이, 무언가를 이루려는 욕망이 사라졌다. 어쩔 수 없이 작업하고 있다, 정신적으로 너무 많이 고통받지 않기 위해.

1888년 7월 22일

사람이 세상을 떠나면 그 순간부터 우리는 함께 지낸 그리운 시절과 그 사람의 훌륭한 점만 생각한다. 하지만 살아생전에 그 사람의 훌륭한 점을 깨닫는 것이 무엇보다도 중요하다. 이는 매우 손쉬운 일이며, 지금 우리에게 놀라움과 괴로움을 안기는 끔찍한 인생사를 견뎌 내게 해 줄 것이다.

1888년 7월 31일

나는 어디론가 어떤 목적지를 향해 가는 여행자 같은 느낌이 항상 든다.

우리는 미술뿐만 아니라 다른 모든 것도 꿈에 지나지 않고 우리 자신도 아무것도 아님을 알게 될 것이다. 우리가 그렇게 보잘것없다면 우리에게 그만큼 더 좋은 일은 없을 것이다. 내세의 무한한 가능성을 바라지 않을 까닭이 없을 테니 말이다.

죽은 사람에게 질문이라도 하듯 눈길을 던지면, 종종 이들은 초연한 인상을 주었다. 내 생각에 이는 (아주 확실하지는 않지만) 저세상의 삶이 있다는 한 증거다.

요람에 있는 갓난아기를 편안하게 바라보면 이 아이의 눈에도 무한성이 담겨 있다는 걸 알 수 있다. 사실 나는 무한성에 관해 아무것도 모르지만, 이에 관해 아무것도 모른다는 바로 이러한 느낌 때문에 우리가 지금 살고 있는 현실이 편도행 철도 여행처럼 느껴진다. 우

리는 빨리 달리지만, 어떤 대상도 자세히 분간되지 않
고 무엇보다도 우리가 타고 있는 기관차가 보이지 않
는다.

1888년 8월 6일

나 자신도 정신적으로 짓눌리고 육체적으로 진 빠질 정도로 작품 생산의 필요성을 느끼고 있다. 다름 아니라, 우리가 지출한 경비를 회수할 다른 수단이 실제로 아무것도, 아무것도 없기 때문이다. 무엇보다도 빚을 지지 않아야겠다는 것 이외에 다른 소망이나 관심이 없다.

1888년 10월 25일

···

그림 그리기에 전념하면 그 밖의 일을 생각할 여유가 없다.

이는 좀 난감하다. 그림 그리는 일은 별로 생색나지도 않고, 쓸모가 있는지도 분명히 의심스럽기 때문이다.

무정하고 절망적인 절벽에 파도가 부서지듯, 무언가를, 암탉 같은 여인을 품고 싶은 욕망이 이따금 폭풍처럼 몰아친다. 하지만 결국은 이러한 욕구는 실제 현실의 반영이 아니라 과도한 히스테리성 흥분의 결과임을 똑바로 알아야 한다.

1889년 4월 24, 28일

나는 '궁지에 몰려' 살고 있고, 예나 지금이나 항상 정신이 다른 데 홀려 있다.

　사람들이 나를 위해 무슨 일을 해 주어도, 평안하게 살 방법이 생각나지 않는다.

　이곳 병원처럼 규칙을 지켜야 하는 곳에서 나는 더 평온함을 느낀다.

1889년 5월 2일

평생 나는 순교자의 행로와는 다른 길을 추구해 왔다. 순교자가 되기에 적합지 않기 때문이다.

곤경에 부딪히거나 문제를 일으키면, 정말로 아직도 몹시 놀란다.

1889년 5월 3일

상당히 기이하게도, 이러한 끔찍한 발작의 결과 내 마음속에는 어떤 분명한 욕망이나 희망이 거의 남아 있지 않다. 열정이 식어서 산에 오르기를 멈추고 산에서 내려올 때, 사람들도 이러한 심정일까 궁금하다.

1889년 5월 9일

구름 낀 하늘 아래
밀밭 풍경

1890

불평하지 않고 고통을 견디는 법과 원망하지 않고 아픔을 바라보는 법을 익히려 하면, 어지럼증이 생길 위험이 있다.

하지만 그러한 방법을 배울 수 있으리라. 저세상에서는 아픔이 생기는 진정한 이유를 깨달을 수 있으리라는 막연한 희망이 엿보이기도 한다. 이 세상에서는 아픔이 천지를 가득 채워 엄청난 대홍수가 닥친 듯 보이는 때가 이따금 있지만 말이다. 우리는 이러한 아픔이 얼마나 엄청난지 거의 알지 못한다. 그러니 밀밭을 바라보는 것이 낫다. 밀밭 그림이라도 괜찮다.

1889년 7월 2일

까마귀가 나는
밀밭
1890

과거를 그리워하는 것은 좋지 않다. 우리는 앞으로 나아가야 한다. 걸음을 되돌려서도 안 되고 되돌릴 수도 없다. 다시 말해, 과거를 생각하면 우울한 향수에 젖어 과거에서 헤어나지 못하게 될 것이다.

이러한 고통과 절망은 어쩔 수 없지만, 어쨌든 여기서 나는 다시 당분간 회복되었고 그래서 고맙게 느낀다.

나는 한번 붙잡은 모티프를 놓치지 않고서, 새 캔버스에 다시 그려 보는 중이다. 아, 정신이 명료한 시기가 새로 펼쳐진다고 믿어질 정도다.

나는 홀린 사람처럼 작업하고 있다. 그 어느 때보다 작업에 대한 열의가 북받치며, 이것이 내 치료에 도움이 될 것으로 생각한다. 아마도 외젠 들라크루아가 말한 일이 나에게 일어날 것 같다. 들라크루아는 "이도 다 빠지고 숨도 못 쉴 때가 되어서야 그림 그리는 법을 깨달았다."라고 말했는데, 그렇듯이 나도 슬픈 질병을 얻고서야 열의를 다하여, 천천히, 하지만 아침부터 저녁까지 쉬지 않고 작업한다. 오랫동안 천천히 작업하는 것, 어쩌면 이것이 비법인지도 모르겠다. 내가 뭘 알겠느냐만.

내 작업에 숙달하려고 온 힘을 기울여 노력하고 있다. 이 일에 성공하면 그것이 내 질환을 막아 주는 최고의 피뢰침이 될 것이라고 스스로 이른다.

(불행히도 발작이 언제든 때때로 재발할 우려가 있더라도) 이러한 발작 사이에 명료한 정신으로 작업할 수 있는 시기가 남아 있기를 기대한다. 현재 내 상태에 대해 이성적으로 생각해 보면, 내가 병들었다는 고정관념에 사로잡혀 있으면 안 되며, 보잘것없지만 화가 생활을 꿋꿋이 계속해야 한다고 스스로 다짐하게 된다.

1889년 9월 5~6일

나 자신이 정신 질환을 겪으며, 정신적으로 고통받는 수많은 다른 미술가들을 떠올린다. 정신 질환을 앓더라도 아무 이상이 없는 듯 전혀 제약받지 않고 화가 역할을 할 수 있다고 스스로를 다독인다.

나는 이 질환이 재발하지 않으리라는 희망을 포기한 터다. 오히려 때때로 발작이 일어날 것이라고 스스로 경고하지 않을 수 없다. 그러면 얼마 동안 정신병원에 입원하거나, 심지어 읍내 교도소에 들어가면 된다. 그곳에는 대개 독방이 있으니까. 어쨌든 염려하지 마라. 작업은 잘되고 있다.

이것저것을 그리겠다고 너에게 말하면서 때로 내 가슴이 얼마나 따뜻해지는지 너에게 말로 다 전할 수 없구나.

나는 이러한 발작으로 고통을 받게 되면 몹시 두려움

을 느낀다. 내 열성은 자살하려다가 물이 너무 차다고
다시 둑을 붙들려 애쓰는 사람의 열성과 비슷하다.

성공하고 오래오래 유복하게 살려면 나와 다른 기질
을 가져야 한다. 나는 전에 바랄 수 있었으며 추구해야
했을 일을 이제 절대 하지 못할 것이다!
어지럼증이 너무 자주 도지는 탓에 형편없는 처지로
살 수밖에 없다.

내가 계속 작업할 수 있는 힘이 있었다면, 성인과 성
녀의 실물 초상화를 그렸을 것이다. 이들은 다른 세기
에서 온 것처럼 보였을 것이며, 오늘날의 인물인데도
원시 기독교인과 닮은 점이 있었을 것이다.

1889년 9월 10일

하지만 우울함이 매우 자주 엄청난 힘으로 나를 덮친다. 그뿐 아니라 건강 상태가 점점 정상이 되고 정신이 매우 냉철한 생각을 할 수 있게 될수록, 그림을 그리는 일은 미친 짓이며 완전히 분별없는 짓으로 여겨진다. 그렇게 큰 비용이 들었으나 아무 소득도 얻을 수 없고, 심지어 작업 경비도 건질 수 없기 때문이다. 그런 생각이 들면 나는 몹시 슬퍼진다.

1889년 10월 25일

이곳 사람들이 그림에 대해 품고 있는 미신적 생각은 때로 너에게 도저히 말할 수 없을 만큼 나를 우울하게 한다. 화가는 눈에 보이는 것에 너무 몰두한 나머지 그 밖의 인생사에는 미숙한 인간이라는 이들의 생각에는 항상 상당한 진실이 담겨 있기 때문이다.

1889년 12월 31일 또는 1890년 1월 1일

더 큰 문제는 사고가 나는 것을 미연에 방지하려는 태도다.

나는 지금까지 참으려고 애썼고, 누구에게도 피해를 끼치지 않았다. 나를 위험한 짐승 취급하며 동행인을 붙이는 것이 온당한가? 천만에! 말도 안 된다.

1890년 5월 4일

우리는 이 세상을 보고 주 하나님을 판단해서는 안 된다는 생각이 점점 더 든다. 이 세상은 하나님의 실패작 중 하나이기 때문이다.

하지만 그게 어떻단 말인가? 우리가 미술가를 정말로 사랑한다면, 실패작을 혹독하게 비판하지 않는다. 입을 다문다. 그러나 좀 더 나은 작품을 요구할 권리가 있다고 느낀다.

같은 손으로 그린 다른 작품을 보고 싶다는 생각이 든다. 이 세상은 하나님이 자신이 무엇을 하는지 모르거나 침착성을 잃어버린 불운한 순간에 서둘러 날림으로 만든 것이 분명하다. 전설에 따르면 주 하나님은 이 세상이라는 습작을 창조하면서 엄청난 수고를 했다고 한다.

나는 이 전설이 사실이라고 믿고 싶지만, 이 습작은 여러모로 실패했다. 오로지 위대한 대가만 이러한 실수를 저지를 수 있다. 이 사실이 우리에게 가장 큰 위안일 것이다. 이 사실이 맞다면 이 창조자가 실수에 대해

응분의 보상을 해 주리라 소망할 권리가 우리에게 생기기 때문이다. 그렇다면, 이 세상이 신랄하게 비판을 받는 것이 충분히 납득이 되고 수긍이 가더라도, 우리는 이 세상을 있는 그대로 받아들일 수밖에 없으며, 다음 세상에서는 이 세상에서보다 더 나은 삶을 살 것이라는 희망을 품게 된다.

1888년 5월 26일

삶은 우리에게 전부 보일까, 아니면 죽기 전에는 절반 밖에 보이지 않을까?

화가에 관해서만 말해 보자. 화가는 죽어서 땅에 묻힌 뒤에는 다음 세대와 그 뒷세대에게 작품을 통해서만 말을 건다.

화가가 전하고 싶은 말은 이게 다일까, 그 밖에 더 있을까? 화가의 삶에서 죽음이 가장 큰 고난은 아닐 것이다. 나는 솔직히 말해 죽음에 관해 아무것도 모른다. 하지만 별을 보면 항상 꿈을 꾸게 된다, 지도에서 도시나 마을을 표시하는 검은 점들을 보면 꿈에 젖듯이.

나는 스스로 묻는다. 프랑스의 지도에 표시된 검은 점에 가기는 쉬운데, 창공에서 빛나는 점에 가기는 왜 이리 힘들까?

타라스콩이나 루앙에 가려면 기차를 타야 하듯, 별에 도달하려면 죽음에 올라타야 한다.

이러한 생각에서 드러나는 한 가지 진실은, 죽으면 기차를 탈 수 없듯 살아서는 별에 갈 수 없다는 것이다.

따라서 증기선, 합승 마차, 철도가 지상의 교통수단이
듯, 콜레라, 결석, 결핵, 암이 천상의 이동 수단일지도 모
르겠다.

천수를 다하고 편안히 죽는 것은 걸어서 별에 가는 것
과 같으리라.

1888년 7월 9~10일

별이 빛나는 밤

1889

사랑은 참으로 긍정적이고 강한 것이며 또한 매우 진정한 것이어서, 우리가 스스로 목숨을 끊는 일이 불가능한 만큼이나 사랑에 빠진 사람이 사랑의 감정을 거두어들이는 일은 불가능하다. 이러한 말에 대해 네가 "스스로 목숨을 끊는 사람도 있잖아."라고 대꾸한다면, 나는 내가 그런 성향이 있는 사람이라고 전혀 생각지 않는다고 응답하겠다.

나는 삶에 큰 의욕이 생겼고 사랑에 빠져서 기쁘다. 내 삶과 내 사랑은 하나다.

1881년 11월 7일

아마도 죽는 것은 사는 것만큼 어렵지 않을 것이다.

1884년 3월 2일

농부들의
공동묘지
1885

옮긴이의 말

빈센트 반 고흐는 미술계의 거장이다. 드높은 명성에 걸맞게 무수한 전설이 뒤따라다닌다.

먼저, 빈센트는 불행을 타고났다는 말이 전해 내려온다. 1853년 네덜란드 노르트브라반트주 쥔데르트의 목사 가정에서 태어난 빈센트는 한 해 전 사산한 형의 이름을 물려받았으며, 죽은 형을 대신해서 살고 있다는 망상에 사로잡혀 불길한 운명에서 헤어나지 못했다.

여인에 얽힌 일화들도 예사롭지 않다. 때로는 성스러운 종교극이 펼쳐진다. 빈센트는 아기가 딸린 매춘부 시엔과 함께 살려고 마음먹고서, "이 일을 하려는 것은 사랑을 깊이 느끼고 사랑이 필요하기 때문이고 이 일을 실행한다면 이는 내가 땅바닥에 내려와 뿌리를 내리고 있다는 증거"라고 말한다. 때로는 막무가내 치정극이 벌어진다. 이종사촌 누나 케 보스가 자신의 구애를 피해 달아나자, 큰이모 집까지 쫓아가 테이블의 타오르는 등불

에 자신의 손을 대고 고통을 참아 내는 동안만이라도 연
인을 보게 해 달라고 요구한다.

아를에서 빈센트가 귀를 자른 사건은 훨씬 충격적이
다. 다만 진상은 안개에 싸여 있다. 지금까지는 귓불만
잘랐다고 믿어져 왔는데, 최근에 발견된 주치의의 기록
에는 왼쪽 귀가 통째로 잘린 것을 묘사한 그림이 들어
있어 논란이 일고 있다. 그뿐만이 아니다. 빈센트의 귀
를 자른 것은 사실은 고갱이며 고갱이 처벌받지 않도
록 빈센트가 진실을 숨겼다는 주장도 제기되고 있다.

오베르쉬르우아즈에서 빈센트가 겪은 일에 대해서도
의견이 분분하다. 빈센트를 치료한 가셰 박사는 완전히
상반된 평가를 받는다. 빈센트는 처음에는 "가셰 박사
를 절대로 믿어서는 안 될 것 같다. 첫눈에 박사는 나
보다 더 아파 보인다."라고 말하지만 이내 가셰에게 호
의를 품고서 "준비된 친구이자 새 형제 같은 존재"라고

편지에 적는다. 그러나 최근 연구에서 가셰 박사는 빈센트의 병을 잘못 진단하고 그림을 선물로 달라는 부탁으로 빈센트를 착취하여 궁극적으로 죽음으로 이끈 위선자로 여겨진다.

빈센트의 사망과 관련해서도 갖은 추측이 나돈다. 빈센트는 자신의 가슴에 총을 쏜 것은 "자발적 결정이었으며 스스로 목숨을 끊고자 했다."라고 털어놓았지만, 오늘날에는 발사 거리와 각도를 근거로 빈센트의 말을 곧이곧대로 믿지 않는 전문가가 많으며, 그 결과 "화가의 죽음을 둘러싼 수수께끼—빈센트 반 고흐는 살해되었을까?" 등의 기사가 끊임없이 생산되고 있다.

빈센트와 테오의 우애도 호기심을 불러일으킨다. 테오는 빈센트에게 화가가 되라고 조언했고 물심양면으로 지원을 아끼지 않았는데, 이는 미술품 상인의 탁월한 투자 감각 때문이었을까? 아니면 진정한 형제애 때문이었을까? 오늘날 고흐의 작품이 누리고 있는 명성을 고려하면 테오의 안목을 인정하지 않을 수 없다. 그러나 "놀랍도록 재능이 있고 세련되고 온화한 인격과 이기적이고 냉정한 인격이 혼재하는" 빈센트를 한평생 뒷바라지하는 일은 테오에게 결코 쉽지 않았다. 목사였던 고흐의 아버지는 자식들에게 이런 기도문을 외우게 했다. "주님, 우리를 서로 친밀하게 결합시켜 주시고 주님을 향한 우리의 사랑이 그 유대를 더욱 강하게 만들게 하소서." 이 기도가 통한 것일까. 테오는 살아서는 빈센트의 구명줄 역할을 했고, 죽어서는 빈센트 옆에 누워 영면했다.

역자는 이런 소문과 스캔들만 듣다가 고흐의 편지를 번역하면서 '빨강 머리 미치광이'의 내면을 엿볼 수 있었다. 거기에는 영혼의 불길이 타오르고 있었다. 꺼지지 않는 힘으로 편지를 쓰고 그림을 그리고 있었다. 편지와 그림은 하나로 연결되어 있었다. 편지는 악보였고 그림은 음악이었다.

고흐의 편지를 우리말로 옮길 기회를 마련해 주신 정중모 대표님, 오랫동안 원고를 기다려 주신 민병일 선생님, 번역 과정에서 배려를 아끼지 않으신 서경진 주간님, 거친 문장을 깔끔하게 다듬어 주신 김혜원 선생님께 감사의 말씀을 드린다.

끝으로, 빈센트와 테오의 우애를 지켜보면서 항상 동생 종세를 떠올렸음을 밝혀 둔다.

황종민

고흐의 삶에 대한 짧은 글

1853년 3월 30일, 빈센트는 네덜란드 남부 목사 집 안에서 태어났다. 동생들과는 그리 가깝지 않았지만 네 살 어린 남동생 테오도뤼스에게는 각별한 애정을 쏟았고 테오는 훗날 빈센트와 가족을 이어 주는 유일한 연결 고리이자 그가 써 보내는 거의 모든 편지의 주인이 되었다. 아버지의 형제들은 미술 상인으로 성공해 부유하게 살았으나, 목사로 일하는 아버지는 살림이 넉넉하지 못했기에 빈센트는 열여섯 살에 큰아버지가 운영하는 헤이그의 화랑에 도제로 들어갔고 테오 또한 몇 해 뒤 미술 상인이 되어 생계를 유지하기 시작했다.

빈센트는 프랑스의 농촌 생활을 그리며 소박한 일상의 만족감과 진지함을 예찬한 장 프랑수아 밀레를 흠모하며 자신도 밭에 나가 일하는 농부처럼, 육체노동으로서의 창작을 해 나갔다. 예술가보다 노동자로서의 정체성이 더 확고했기에 구두장이의 망치질, 광부의 곡괭이질, 직조공의 바느질과 자신의 붓질을 동일시했고 위대한 예술가가 아닌 오로지 성실한 일꾼으로 살고자 했다. 화가가 되기 전인 1879년, 스물다섯의 빈센트는 아버지의 영향으로 기독교에 천착하여 그가 겪은 곳 중 가장 황량하고 가난한 벨기에 남부의 탄광 지역 보리나주에서 선교사로 생활했다.

광산 주변은 연기로 완전히 검게 그을린 죽은 나무 두 그루와 가시 울타리, 쓰레기와 석탄 더미, 그리고 광부가 사는 집들이 있었다. 갱 안에 자리한 무수한 위험 속에서 죽거나 다칠 각오를 한 채 고역에 시달리고, 장티푸스 등의 병치레와 영양실조에 허덕이며 석탄 연기와 그을음, 거대한 광산에 둘러싸인 난방이 거의 되지 않는 오두막에서 근근이 목숨을 이어가는 보리나주 주민들과 함께하며 빈센트는 역설적으로 평안함을 느꼈다. 지하 300미터에서 석탄을 채굴해 지상으로 올라오면 굴뚝 청소부처럼 피부가 새까매지는 광부들은 대부분 글을 읽지 못했다. 빈센트는 광산 내 가스 폭발 사고로 심하게 화상을 입은 환자들을 돌봤고 자신이 가진

264

모든 물질적 재화를 그들의 가족과 나누었으며 깨끗한
예복을 벗은 채 편한 집을 포기하고 씻지도 않은 채 누
추한 바닥에서 잠을 잤다.

빈센트는 광부들이 일을 마치고 귀가하면서 저무는
어스름과 같이 가정의 작은 창밖으로 비치기 시작하는
은은한 빛에서 아름다움을 발견했다. 창백하고 미약한
램프 불빛 아래 매일 탄광 구덩이를 파 내려가는, 보리
나주의 죽은 듯 암담한 모습을 목도하며 그 서늘한 아
름다움을 더듬어 보고자 혼잣말하듯 스케치해 나갔다.
그리고자 하는 강한 충동을 따랐을 때 빈센트는 처음
으로 자신의 예술적 형틀을 잡았다. 그는 의복을 갖춰
입고 자세를 취하는 상류층이 아닌 지친 몸을 이끌고
일터로 향하는 하류층의 일상적 움직임에 감화했다. 빈
민가의 갓난아기와 노인, 가사 노동하는 여성의 고된
얼굴들을 유심히 따라 그렸다. 그가 캔버스에 담고 싶
어 한 공간은 대성당이나 대저택이 아닌 시골의 좁은
골목길, 움푹 들어간 숲, 밀밭과 들판, 언덕 기슭에 흩

어져 있는 작은 집들과 이끼로 뒤덮인 지붕 등의 낮은 풍경들이었다. 빈센트는 자신을 "주 예수님과 마찬가지로 가난한 사람들의 친구"라 말했고 그의 사랑과 헌신은 주민들 사이에서 '탄광의 그리스도'라는 별명을 가질 정도였으나 교회 관청은 빈센트의 행실이 목회자 직분을 모독했다며 그를 해고했다. 이후에도 빈센트는 맨몸으로 보리나주에 머물며 전도사로 활동을 계속했고 그들이 속해 있는 풍경들을 그려 냈다.

하층민들과 하나가 된 채 섞여 지내던 빈센트는 1881년부터 1883년까지 헤이그에서 임신한 몸으로 병을 앓고 있는 매춘부 시엔을 간호하며 자기 집에서 함께 살았다. 그는 내적인 친밀감을 느낄 만한 가정을 꾸리고 평범하게 살고 싶어 했다. 여인에게 딸린 딸아이 하나와 그녀의 어머니까지 보살펴 돌보자 오래지 않아 헤이그 사람들 사이에선 소문이 돌기 시작했고, 멀리 떨어져 사는 테오가 사정도 모르고 매달 생계비를 보내며 네 사람을 먹여 살리고 있음이 딱해 귀띔해 주기도 했다. 혼자 살 수도 없고 혼자 살기도 싫은 빈센트는 자신이 급히 가정을 꾸리고 사는 이유로 테오에게 "이 여인은 선량하지도, 아름답지도, 친절하지도 않고, 가진 것도, 할 줄 아는 것도 없으며, 얼굴은 천연두에 걸려 얽었고 말투는 거칠지만, 나는 이 여인이 필요하다. 이 여인은 나와 잘 지내고 내 성미를 역겨워하지 않으며 내 모델이 되어 주기도 하기 때문이다. 나는 행복하며, 테오 네가 보내주는 돈으로 이 여인과 아이들을 부양할 수 있어야 한다"고 우겼다. 자기 말을 믿어 달라고 간절히 부탁하기에 여인에게 성병이 옮아 병원에 가야 하는 상황에서도 테오는 형을 이해하려 애썼다.

두 해가 흐르자 빈센트는 그가 꾸린 '가정' 때문에 사회적으로 배척당했고 "임신한 여성을 도왔고 다시 거리로 보내고 싶지 않다는 이유로 곤경에 처해야 하냐"고 따졌지만 테오의 강경한 반대로 결혼하지 못해 결국 결별했다. 교제할 동안 빈센트는 시엔의 슬픔과 불행을 캔버스에 녹여 냈다. 둘은 지극히 어려운 삶을 함께 마주한 취약한 존재들이었다. 보리나주에서 그랬듯 빈센트는 시엔의 비천한 삶을 포용하고자 했으나, 이는 부모에게 더욱 큰 수치를 안길 뿐이었다. 시엔과의 실패한 관계 끝에 빈센트는 완전히 미술로 주의를 돌려 온 정신을 쏟았다. 그리고 다시는 가정을 만들어 보려고 시도조차 하지 않았다.

1886년부터 1888년까지 빈센트는 미술적 발전을 위해 테오가 있는 파리로 이주해 함께 살며 아방가르드 미술가들과 어울렸다. 이전까지 빈센트의 작품은 렘브란트 같은 네덜란드 거장과 헤이그 학파의 사실주의 화가들의 영향을 받았고 평범한 네덜란드 노동자들의 암울한 일상을 주제로 삼았다. 그러나 파리에서 지낸 2년간 빈센트의 그림은 어둡고 침울한 색조를 띠는 네덜란드 화풍에서 밝은 색채를 쓰는 인상주의적 화풍으로 변화해 나갔고 오늘날 사람들이 반 고흐라는 이름에서 떠올리는 붓질이 짧고 질감이 뚜렷한 작품들이 탄생하기 시작했다. 에밀 베르나르와 폴 고갱 등 동시대 화가들과 교류하며 살롱 전시회에 참여해 자기 작품을 출품하기도 하면서, 빈센트는 처음이자 마지막으로 예술가 커뮤니티의 일원이 되었다.

이 무렵, 그의 편지에는 색채 연구에 대한 언급이 많은데 이는 인상파가 빛을 사용하는 방식과 일본 판화의 대담한 색상 대비에서 영감을 얻기도 했지만, 주지하다시피 빈센트는 늘 금전적으로 테오에게 의존했으며 재료비나 모델료를 지급할 여력이 없었기에 비교적 구하기 쉬운 꽃과 집 안팎 옥상과 창문에서 보이는 자연물에 집중한 결과이기도 했다. 빈센트는 곧 "살아 있는 누드모델이 아닌 석고 깁스를 그리겠다"는 고집으로 당시 소속돼 있던 스튜디오를 떠났고, 여전히 그림은 한 점도 팔리지 않았으며 스트레스와 알코올중독으로 정신건강은 점점 더 나빠졌다. 결국 빈센트는 파리라는 대도시의 번잡함과 삭막함에 지쳐 시골의 고요함과 자연에 펼쳐진 밝은 태양 빛을 좇아 프랑스 남부 아를로 이주했다. 그는 삶의 막바지에 다시 조용하고 목가적인 풍경과 농민들의 얼굴 곁으로 돌아갔다.

아를로 이주한 1888년 2월부터 빈센트는 미술적으로 가장 열정적인 날들을 보냈다. 빛과 태양에 압도되어 미친 듯 작업에 뛰어들었고 붓은 계절과 경주를 벌이듯 캔버스를 누볐다. 봄이 되어 나무에 꽃망울이 맺히기 시작하면 이른 아침부터 밤늦게까지 숨 돌릴 새 없이 그림을 그렸다. 여름에 이젤을 휩쓸어갈 듯 세차게 미스트랄*이 몰아쳐도 바닷가, 길 없는 산속, 들판, 꽃밭에서 밤이 되어도 모자에 양초를 붙이면서까지 그림에 몰두했다. 빈센트에게 더없는 압도감을 주는 것은 태양이었다. 남프랑스의 그토록 환하고 뜨겁게 비치는

---

* 남프랑스에서 지중해 쪽으로 부는 차고 건조한 지방풍.

햇빛은 북유럽에서 태어난 빈센트에게 낯설게 느껴졌겠지만, 대지를 비치는 노란 빛은 그가 가장 좋아하는 색이 되었다. 타오르는 듯한 주황색과 주홍색, 번쩍이는 여름 햇빛에 엿보이는 금색과 은색 색조도 그림에 즐겨 사용했다. 완전히 미술에만 몰두해 있던 빈센트는 테오에게 보내는 편지에 형제자매가 어떻게 지내는지보다 다음번 물감을 언제 부쳐줄지에 훨씬 관심을 쏟았다. 틈나는 대로 자신의 수많은 그림을 소포로 보냈고 이따금 두껍게 칠한 물감이 건조되기까지 여러 주가 걸리면 그림이 마르는 동안 습작과 그 모티프를 상세히 설명한 편지를 보냈다.

빈센트는 아를에서 14개월 동안 여러 지역 주민들과 친분을 쌓았는데, 그중 빈센트가 아를에 정착할 수 있도록 돕고 가장 큰 의지가 되어 준 우체국 책임자 조셉 룰랭과 그의 가족(2부에 수록된 「까미유 룰랭의 초상」과 「마르셀 룰랭의 초상」은 조셉 룰랭의 둘째 아들과 막내아들이다)들을 그린 초상화들은 그 시기 빈센트의 가장 큰 미술적 업적이다. 1888년 9월, 빈센트는 여러 형태로 변주한 해바라기 그림들로 집 안을 장식했고 테오의 설득과 여행 경비 제공으로 집에 동료 폴 고갱을 맞이했다. 같은 해 11월에 그린 「아를의 붉은 포도밭」은 빈센트가 살아 있을 적 테오가 판매한 유일한 작품이다. 화가 공동체를 이루길 원했고 홀로 살기를 극히 꺼려 하던 빈센트의 마음엔 고갱과의 동거로 들끓는 설렘과 기대가 일었으나, 성격이 판이한 두 화가는 일상을 함께하며 환멸만을 느꼈다. 얼마 지나지 않아 노란 집의 분위기에는 긴장이 감돌고 말다툼이 벌어졌으며 서로 모욕을 퍼부었다. 고갱은 자신을 귀찮게 구는 빈센트에게서 한시라도 빨리 벗어나고 싶어 했다. 빈센트가 거머리처럼 달라붙어 무언가를 시시콜콜 캐묻고 다짜고짜 권하고 한 시도 떨어져 있으려 하지 않는 것을 참을 수 없었다. 절박함과 외로움에 한 인간을 자기 곁에 묶어 두려 했던 빈센트의 마지막 시도는 참담한 절망으로 끝났고, 절망은 무모한 자해로 이어졌다.

자신의 잘린 귀를 신문지에 싸서 인근 홍등가의 매춘부에게 선물한 다음 날, 아를에 있는 병원으로 이송된 빈센트는 자신이 귀를 잘랐다는 사실조차 거의 기억하지 못했다. 1889년 1월, 빈센트는 자신의 노란 집으로 돌아가 친구 조셉 룰랭과 함께 시간을 보내며 심신을 회복했고 테오에게 자신의 행동을 사과하는 편지를 보냈으나 이후로도 잦은 환각과 발작에 시달리다가 자발적으로 생레미에 있는 생 폴 정신병원에 입원했다. 그리고 같은 해 4월, 테오는 암스테르담에서 요한나 봉허와 결혼했고 다음 해 그들의 아들 '빈센트'가 태어났다. 이를 축하하기 위해 빈센트는 「꽃 피는 아몬드 나무」를 그렸다. 빈센트는 "여기 내내 머물게 해 달라"고 테오에게 부탁할 정도로 금세 정신병원 생활에 적응해 잘 지냈다.

　많은 병실이 비어 있었기에 의사 페롱 박사는 빈센트가 그림을 그릴 수 있도록 작은 방을 별도의 작업실로 제공해 주었다. 빈센트는 정신이 불안정해질 때면 물감을 먹었다. 그러나 일상을 함께하는 환자들은 빈센트를 멀리하지 않았다. 그는 다시금 완전히 밑바닥으로 내려가, 더없는 굴욕과 가난에 시달리는 사람들과 함께 지냈다. 과거 밀레의 작품을 보며 조용하고 겸허하게 일하는 농부들을 예찬했듯이 빈센트의 눈앞에는 다시 농부들이 아른거렸다. 특히 씨 뿌리는 사람과 나무 베는 사람은 그의 주요한 모티프로 자리 잡았고 어두운 사이프러스 나무와 금속처럼 반짝이는 올리브 나무도 능란하게 다루고 싶었기에 끊임없이 나무들과 씨름했다. 그는 담쟁이덩굴로 뒤덮인 나무, 라일락, 정원의 붓꽃 등 병실에서 바라본 세상을 (창살 없이) 그렸고 불길처럼 날름거리고 고집스럽게 휘감긴 나무들은 메마른 땅에서도 시들지 않았다. 병실 창문 격자 사이로 밖을 내다보며 그는 저 멀리 펼쳐진 환한 경치와 손에 잡힐 듯 가까운 하늘을 그렸는데, 하늘에는 늘 숨이 막힐 듯 거대한 태양이나 별들이 맴돌고 있었다. 이때 그린 그림 중 하나가 「별이 빛나는 밤」이다.

1890년 5월 17일, 빈센트는 정신병원에서 퇴원해 파리에 있는 테오의 집에 들렀다가 프랑스 북부의 오베르쉬르우아즈로 떠났다. 그리고 두 달 뒤 그곳에서 세상을 뜬다. 오베르쉬르우아즈에서 빈센트는 아마추어 화가이자 의사인 폴 가셰 박사의 보호 아래 구스타프 라부가 운영하는 여관에 묵었다. 일주일에 한 번씩 가셰 박사를 찾아가 점심을 먹으며 가셰와 가셰의 딸 초상화를 그렸다. 빈센트는 오베르쉬르우아즈로 떠난 이래 죽기 전까지 70일간 유화 82점과 30점 이상의 스케치를 그릴 정도로 강박적으로 작업에 매진했고, 동시에 끝없이 재정적인 걱정에 시달렸다. 테오가 생업으로 해오던 미술품 딜러를 그만두고 독자적으로 사업을 벌여, 구필 화랑이 그다지 높이 평가하지 않는 신진 미술가들을 위해 일하고 싶어 했기 때문이다. 테오와 요한나는 빈센트에게 편지를 보내 안심시켰으나 금전적인 불확실성과 신경 발작이 재발할지 모른다는 두려움은 빈센트에게 큰 타격을 입혔다. 그림을 그리는 데 비용이 너무 많이 든다고 자책하지 않을 수 없었고, 자신은 짐이라는 자괴감과 미래에 대한 극심한 우울함을 떨쳐버릴 수 없었다.

빈센트는 당시 살아 있는 시간 대부분을 들판에 나가서 보냈다. 어느 날 그는 매일 그림을 그리기 위해 산책하던 밀밭의 건초 더미 뒤를 배회하다가 까마귀 떼를 쫓으려 들고 다니던 권총으로 자기 가슴을 쐈다. 빈센트는 비틀거리면서 머물던 여관으로 돌아와 말없이 다락방 침대에 누웠고 결국 여관 주인 라부가 그를 발견해 가셰 박사에게 전화를 걸었다. 가셰 박사는 빈센트가 동생의 주소를 알려주지 않아 아트 갤러리의 사무실 주소를 통해 테오에게 연락해야 했다. 다음 날인 월요일, 테오가 파리에서 도착했을 때 빈센트는 이 "슬픔은 영원히 지속될 것"이라며 자신이 완전히 붕괴하기 전에 "이렇게 죽었으면 좋겠다"고 말했다. 총알이 심장 아래 박히고 마지막 간질 발작을 일으킨 후 빈센트는 스스로 총을 쏜 지 이틀 후인 1890년 7월 29일 새벽에

숨을 거뒀다. 테오는 곁에서 빈센트의 임종을 지켰다. 오베르쉬르우아즈에서 열린 장례식에는 파리에서 온 예술가 지인들이 참석했지만, 자살이라는 이유로 장례미사는 취소되었다. 고작 몇 달 뒤인 1891년 1월, 테오도 진행성 매독과 고흐에 대한 상실감으로 심신이 쇠약해져 네덜란드 위트레흐트에서 세상을 떠났다.

빈센트와 테오의 사후 스물여덟의 요한나 봉허에게 남은 것은 어린 아들과 빈센트의 가치 없는 작품 200여 점, 편지로 가득 찬 아파트뿐이었다. 주변 사람들은 고흐의 그림을 전부 처분하라고 했지만 요한나는 고인이 된 빈센트와 테오를 기리기 위해서 뿐만 아니라 아들의 재정적 미래를 보장하기 위해 둘의 유산을 이어가는 데 평생을 바쳤다. 요한나는 일기에서 이렇게 말했다. "나는 혼자이고, 길을 잃었지만 인생에 사명이 있다. 테오는 나에게 예술에 대해 많은 것을 가르쳐 주었고, 그보다 더욱 인생에 대해 많은 것을 가르쳐 주었다. 이제 테오와 빈센트가 수집한 모든 보물을, 내 아이를 위해 있는 그대로 보존하는 일은 내 임무다." 요한나는 암스테르담의 작은 마을로 이사해 하숙집을 열고 영국과 프랑스 단편소설을 네덜란드어로 번역하며 생계를 유지했다. 그곳에 모여 사는 예술가, 비평가 들에게 하숙집에 걸린 빈센트의 작품들을 소개했고 테오가 미술품 딜러로 함께 일했던 지인, 예술가 들에게 연락을 취해 빈센트의 개인전을 준비했다.

1892년 2월, 요한나는 암스테르담에서 빈센트 반 고흐의 첫 개인전을 열었고 재혼한 뒤에도 1905년에 암스테르담 시립 미술관에서 자비로 대관료를 들여 고흐의 작품 474점을 전시했다. 두 달간 유럽 전역에서 2천여 명의 방문객이 전시회를 찾았고 이를 계기로 빈센트 작품의 상품적 가치는 급속도로 상승했다. 요한나는 미술계 커뮤니티에서 테오와 빈센트가 얻지 못했던 큰 인정과 성과를 거두었지만, 대중은 여전히 빈센트의 그림을 이해하는 데 어려움을 겪었다. 제1차 세계대전 중 미국으로 이주한 요한나는 전략적으로 빈센트가 테오에게 보낸 수많은 편지를 몇 년 동안 정리해 영번역하는 데 전념했고 그해 편지책 초판을 출간해 대중이 빈센트의 삶과 작품 세계관을 이해할 수 있게 만들었다. 또한, 테오의 무덤을 오베르쉬르우아즈에 있는 빈센트의 무덤 곁으로 이장했다. 빈센트는 지금도 동생 테오와 함께 나란히 그곳에 누워 있다.

1924년에는 런던 내셔널 갤러리에서 「해바라기」를 포함해 최소 190점의 유화와 55점의 스케치를 판매했으며 1년 뒤인 1925년에 63세의 나이로 세상을 떠났다. 요한나의 아들 빈센트 또한 그 업을 물려받아 1960년대에 빈센트 반 고흐 재단에서 남은 작품들을 감독했다. 빈센트의 작품이 현재 우리 곁에 남아 알려질 수 있게 한 건 전적으로 살아남아 있는 사람들의 몫이었다.

싱싱한 밀 이삭처럼

초판 1쇄 인쇄 2024년 11월 20일
초판 1쇄 발행 2024년 11월 25일

지은이 빈센트 반 고흐
옮긴이 황종민
펴낸이 정중모
펴낸곳 도서출판 열림원
출판등록 1980년 5월 19일(제406-2000-000204호)
주소 경기도 파주시 회동길 152
전화 031-955-0700
팩스 031-955-0661
홈페이지 www.yolimwon.com
이메일 editor@yolimwon.com

페이스북 /yolimwon
트위터 @yolimwon
인스타그램 @yolimwon

주간 김종숙
책임편집 김혜원
편집 박지혜 김은혜 정소영
디자인 강희철

기획실 정진우 정재우
마케팅 홍보 김선규 고다희
디지털콘텐츠 구지영
제작 관리 윤준수 고은정 홍수진

ISBN 979-11-7040-303-6 04800
ISBN 979-11-7040-275-6 (세트)